나는
괜찮은
연이야

나는 괜찮은 연이야

이국주 지음

글꾸밈. 양지은

㈜자음과모음

차례

★ 행복 세 번째

행운도 99%의 노력이 있어야 한다

★ 행복 네 번째

행복은 스스로 적응해야 한다

누구도 이 책의 '첫 장'을 펴기 전까지는

나에 대해 예측할 수 없다.

이제 나는 나의 이야기를 풀어놓으려 한다.

이제 우리의 페이지를 '행복'으로 채우려 한다.

이 '첫 장'을 여는 순간부터

당신은 나와 '연'이 되어 행복한 여행을 하게 된다.

part.1

연 [緣, 인연 연]

"넌 비호감이야. 안 돼. 개그우먼이 되긴 이미 글렀어."
개그우먼을 막 시작했을 때 함께 일하는 선배가 내게 말했다.

❝ 그럼 난 이제 뭐하고 살지?
　내가 되고 싶은 건 개그우먼인데. ❞

"국주야, 살 좀 빼! 옷이 하나도 안 맞잖아."
내 옷을 가져다주는 코디 언니가 갑자기 짜증을 냈다.
아니, 내 캐릭터가 돼지인데 옷이 안 맞는다고 살을 빼라
니……
그럼 옷에 내 몸을 맞추기 위해 캐릭터를 버리라는 건가?

❝ 언니, 제 옷 구하기 힘드시면
　제가 한번 구해볼게요. ❞

개뿔. 돈도 없으면서 그놈의 자존감이 뭔지.
하지만 옷에 나를 맞추긴 싫었다.

나에게 맞는 옷을 내가 찾으면 되지.

결국 무대에 서는 건 나다. 남이 대신 해주지 않는다.

20대 초반부터 방송 일을 시작한 나는 수많은 사람을 만나면서 느낀 점이 있다. 나에게 좋지 않은 일이 생길 때마다 또 다른 '인연'의 시작이 있었다는 것.

옷깃만 스쳐도 인연이라고 하는데 지금 이렇게 당신과 나, 바로 우리가 소통하게 된 것 또한 '연(緣)'의 시작이다.

세상일은 참 신기하다.

방송 일을 시작한 지 10년이 지난 지금 사람들은 나를 보면 먼저 웃으면서 인사한다. 나는 생각했다.

잘난 사람이든 못난 사람이든, 모든 사람에게 잘해야겠다고. 사람 인연은 아무도 모르는 일이라고.

part.2

연[鳶, 나무 연]

어린 시절,

부모님과 연날리기를 할 때마다 나는 이런 생각을 했다.

나도 저 멀리 파랗고 높은 하늘을 여기저기 자유롭게 날아다니는 '연(鳶)'이 되고 싶다고.

누구나 마음속엔 자신만의 '연'이 띄워져 있다. 이걸 마음 한구석에 그냥 가둬둘 것인지, 자유롭게 날며 어디든 갈 수 있는 '연'이 될 것인지. 선택은 우리의 몫이다.

누구도 우리의 미래를 예측할 수 없다. 나 역시 미래에는 어디서 어떤 여행을 하고 있을지 전혀 알 수 없다.

영화 〈너는 펫〉에 보면 연 날리는 기쁨에 대한 대사가 나온다.

> ❝ 있지, 연 날리는 기쁨 알아?
> 연이 높이 날아서 행복한 것은
> 자유롭기 때문이 아니야.
> 항상 같이 나는 실이 있어서야.
> 혼자서 멋대로 날면 아무리 높이 날아도,
> 우주에 도착한데도 그다지 기쁘지 않을 거야.

실이 이어져 있으면 돌아갈 수가 있지.
넝마가 되어도 잘못되어도 이리 와 하면서
안아주는 다정한 팔이 있는 것처럼.
그러니까 나는 날 수 있는 거야. **"**

나에게도 높이 날다가 잘못될까 봐 불안하고 걱정되던 때가
있었다. 만약 잘못된다 하더라도 나를 안아주는 다정한 실
이 있는데 뭐가 그렇게 걱정이었는지. 떨어져도 언제든 다
시 날 수 있는데 말이다.
인생의 시작은 맨땅에서부터 아니던가. 결국 깨끗한 하늘에
수놓아야 하는 사람은 나 자신이지 않은가.
활기차게 비행 중인 나의 '연' 이야기, 그리고 나와 이어진
'실' 이야기를 하려 한다. 나와 함께하는 이 여정을 통해 당
신의 '연'도 행복하게 수놓길 바라며.

인생에서
가장
중요한 것은
내가 무엇을 하건
누구를 만나든
진심으로 행복하다고
느끼는 것이다

나에 대한
믿음이 필요하다

연꽃
/
연결
\
연하

연꽃

여자들은 꽃을 좋아한다. 그래서 자신과 닮은 꽃을 찾아보
곤 한다.

나 이국주를 꽃으로 표현하자면 '연꽃'이 아닐까.

왜냐고? 연꽃은 둥글고 크니까. 연꽃은 크기도 하지만 진흙
탕에서 자라도 전혀 진흙에 물들지 않기 때문이다.

난 '내가 크다', '내가 앉은 자리는 푹 꺼진다' 등의 말을 스
스럼없이 잘한다.

물론 있는 그대로의 나를 인정하기까지는 많이 고통스러웠
다. 나 자신을 내가 가장 먼저 받아들여야 하는데, 이게 절
대 쉽지 않기 때문에.

연습생 시절 모든 선배들이 나에게 그랬다. "넌 비호감이라서 안 돼"라고.

그때 만약 내가 그대로 주저앉았다면 어땠을까? 그 말만 듣고 어떤 도전도 노력도 해보지 않고 나를 방치해뒀다면 지금의 자리에 있을 수 있었을까?

당신도 나처럼 덩치가 커서 고민인지? 주위 사람들이 당신에게 비호감이라고 하는지?

시궁창에서 피어도 향기가 가득한 게 바로 '연꽃'이다. 만약 자신의 외모에 자신이 없다면 지금부터 '연꽃' 같은 여자로 살아가면 된다.

사람들은 나에게 대체 어떤 노력을 어떻게 하냐고 자주 묻는다.

나는 만약 오늘 힘든 일이 있었으면 '오늘은 실컷 울고 내일 다시 행복해져야지.' 이런 다짐을 하곤 한다. 그래도 힘들다면 그땐 주문을 외운다. '나는 매일 행복하다'라고.

낙오된 마음을 절대 그대로 두지 않는다. 되도록 빠른 시간 내에 다시 제자리로 돌려놓으려고 노력한다.

내 자신을 사랑하고 내 몸을 사랑해야 했는데, 비호감으로 불릴까 봐 전전긍긍했던 적이 있었다.

방송에 나가서도 얘기했지만, 비호감으로 불리던 시절보다

나에 대한 믿음이 필요하다

현재 20킬로그램이 더 쪘다. 상식적으로 따지면 지금이 사람들에게 더 비호감이어야 한다.

나는 자신을 다독이고 자신감을 갖고 사람들을 대하려고 노력했다. 그러자 어느 순간부터 사람들은 나를 '호감녀'로 부르며 찾기 시작했다.

내가 살을 뺀다고 '전지현' '송혜교'가 될 수 있을까?

절대로 될 수 없다. 그것을 스스로 인정해야 한다.

연꽃은 잎이 크기 때문에 더 아름다운 꽃이다.

연꽃이 살을 빼면 어떨까? 작고 날씬해서 더 예쁜 꽃이 되는 것이 아니라 그저 시든 것에 불과할 것이다. 아마도 볼품없고 초라해 보일 것이다.

대중이 나에게 원하는 것은 예쁘고 잘빠진 외모가 아니었다. 내가 가지고 있는 장단점들 중 장점을 최대한 살리는 것, 그리고 나에게 주어진 자리에서 최선을 다하는 것임을 비로소 깨달았다.

전신 성형수술을 해서 살을 뺀 후배가 있었다.

그녀는 "살을 빼서 날씬해지면 남자 친구도 요일별로 사귀고, 너무 행복해질 것 같다"는 환상에 빠져 있었다. 그녀는 비만 때문에 스트레스가 심하다 못해 우울증까지 앓고 있었다.

수술 전 그녀는 변화될 자신의 모습에 기대에 부풀어 흥분해 있었다. 이제까지의 자신과는 영원히 안녕이라며.

수술 후 그녀는 행복해하지 않았다. 오히려 더 극심한 스트레스로 전과는 비교도 안 될 정도로 우울증이 심해졌다. 그 스트레스를 풀 데가 없어 먹는 걸로 풀었다. 그러면서 운동도 안 하다 보니 이별했던 살들은 다시 그녀와 한 몸이 되었다.

마음은 수술대 위에서가 아니라 내 스스로가 바로 잡고 노력해야만 치유될 수가 있다.

결코 쉽지 않다.

누군가 "44, 55 사이즈 입는다고 행복하니? 너의 사이즈에 만족해서 지금 모든 게 다 술술 잘 풀리니?"라고 물었을 때 몇 명의 여성이 'YES'라고 대답할까?

수술해서 살을 빼고 싶다면 당신의 몸이 아닌 마음을 수술대 위에 올려놔야 한다.

세상은 변하지 않는다. 내가 변해야 한다.

외모가 아니라 나의 마음이 변해야 행복한 삶을 누릴 수 있다. 행복은 내 마음에서 생겨난다. 혼자서 힘들면 주변 사람들에게 도움을 청해도 된다. 두렵거나 창피하다고 물러서지 말아야 한다.

나에 대한 믿음이 필요하다

2년 전 실제로 양악 수술을
해준다는 제안이 들어왔다.
수술을 해주고
2억까지 준다는 병원이 있었다.
어떻게 했을까?
단칼에 거부했다.
난 부모님이 주신 외모를
함부로 건드리는 사람이 아니다.

여기서 잠깐, 다이어트에 대한 나의 이야기를 들려주고 싶다.
사람들이 내가 다이어트를 하는지 안 하는지 궁금해할 것
같아 적어본다.
나란 사람이 다이어트를 안 해봤겠는가?
당연히 해봤다. 10킬로그램도 빼봤다.
다이어트할 때 중요한 게 있다. 아무리 굶고 애써서 10킬로
그램을 뺀다한들 나 같은 사람은 티가 안 난다는 것!
한번은 주위에서 '아메리카노 다이어트' 하는 사람들이 있
어서 유심히 살펴보았다.

나름 뭔가를 먹으면서 살을 빼길래 무작정 굶은 게 아니라
면 나쁘지 않을 것 같아서 나도 따라 했다.

그렇게 이틀이 지났다. 아메리카노를 마시려는 순간 갑자
기 콜라, 사이다가 떠올랐다. 사랑의 열병을 앓듯이 음료수
가 너무 그리워 눈물이 날 지경이 되었다.

내가 어쩌자고 남들보다 뛰어난 나의 장을 혹사시키면서
'다이어트'를 해보겠다고 했을까.

다이어트의 추억과는 이렇게 종이 한 장도 채우지 못한 채,
생이별을 했다.

ICE AMERICANO

굶는 게 힘들면 운동으로 빼지 그러냐고?

운동? 물론 매일 한다.

숨쉬기 운동.

이건 정말 중요한 운동이다.

숨쉬기 운동만 잘해도 살 빠진다고 하는 기사
를 보았다.

하지만 예외도 있다. 그리고 예외인 사람은
나뿐만 아니라 의외로 많다.

그러니 우리는 절망할 이유가 전혀 없다.

나에 대한 믿음이 필요하다

덩치가 남들보다 크다고 해서 우울해하지 않았으면 좋겠다. 어차피 전지현, 송혜교 외모가 될 수 없다면 내가 가진 이 현실적인 비주얼을 당당히 인정하는 건 어떨까. 세상을 살아가는 데 외모가 전부는 아니니까.

주변을 둘러보면 외모 이외의 장점을 가진 사람들이 더 많이 사랑받고 성공한다.

내가 가진 장점은 무엇인지 잘 파악하고 자신감 있게 보여준다면 그것이야말로 매력 있는 사람이 아닐까.

외모보다 다른 장점을 가진 여성은 여신보다 더 빠져나오기 힘든 치명적인 매력을 어필할 수도 있으니 소개팅에도 마음껏 나가길.

사람들이 나에게 자주 하는 질문이 있다.

" 지금 넌 행복하니? "

난 1초도 망설이지 않고 대답한다.

" 지금의 난 너무 행복해. "

지금 이렇게 행복한 이유는 내 마음가짐의 변화다.

내가 좋아하는 대사가 있다.

❝ 당신의 현재 위치가 중요한 게 아니라
　당신이 가고자 하는 방향이 중요하다. ❞

『셜록 홈즈』에 나온 말이다.
지금의 내가 마음에 들지 않는다고 해서 아무런 시도도 해
보지 않는다면 아무것도 변화되지 않았을 것이다.
결심한 대로 방향을 틀어보기도 하고 실패하면 다른 곳으로
날아보기도 했다. 실패할 때도 있지만 그를 통해 조금씩 성
장도 이루어졌다.
그러다 보면 행복하다는 것을 스스로 느끼게 된다. 그리고
실패의 경험도 행복을 위한 과정이라는 것을 알게 된다.
행복은 찾으려고만 한다고 거저 오지 않는다는 것도 깨달
았다.

일상에서 느끼는 것이 행복이었는데, 그저 외부에서 행복을 찾고 있었으니까.

큰 몸집 때문에 극심한 스트레스에 갇혀 있는 당신에게 해주고 싶은 말이 있다.

사람들이 연꽃을 좋아하는 이유는 무엇일까?

연꽃은 모양이 둥글고 크기가 커서 보는 이들을 편안하게 해준다. 때문에 다가가기 쉽다. 만개할수록 크게 빛나는 아름다움을 가진 것이 연꽃이다.

당신은 단지 '덩치 큰 사람'이 아니다.

잎이 클수록 더 빛을 발하는 '연꽃' 같은 여자가 되는 중이다.

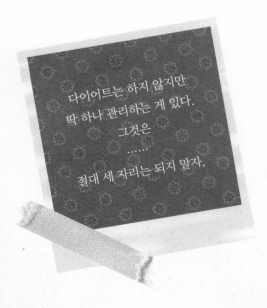

다이어트는 하지 않지만
딱 하나 관리하는 게 있다.
그것은
……
절대 세 자리는 되지 말자.

나는 괜찮은 연이야

연꽃의 꽃말은

아름다움이다

연꽃이 아름다운 건

풍성해서다

연결

만약 나에게 "개그우먼이 된 든든한 백이 무엇이냐"고 묻는
다면 나는 주저 없이 바로 대답할 수 있다.

나와 떼려야 뗄 수 없는 중요한 연결고리는 바로 '춤'이다.
어릴 적부터 춤을 무척 좋아했다.

그때가 몇 살이었는지 정확히 기억나지 않는다. 일곱 살 때
쯤인가? 1980~90년대 최고의 인기를 끌었던 가수 '소방차'
가 나왔을 때 굉장히 좋아했다. 엄마 말에 의하면 텔레비전
에 소방차만 나오면 그렇게 흥얼대면서 몸을 있는 대로 흔들
어댔다고 한다. 나와 같은 세대인 분들은 소방차만 나오면
그 오빠들의 마스코트인 폴짝폴짝 뜀질을 거의 따라 했다.

초등학생 때의 나

춤에 맛 들이기 시작한
어린 시절의 나는
흥이 아주 많은 아이였다

JUMP!
JUMP!

초등학생 때 진지하게 '춤'을 좋아하게 만든 장본인은 바로 '서태지와 아이들'. 서태지와 아이들의 춤을 따라 하기 시작하면서 초등학교 3학년 때 처음으로 장기자랑에 나가서 춤이란 걸 췄다. 춤에 맛 들이기 시작한 그때부터 나란 아이는 흥이 아주 많은 아이가 되었다.

계속 춤 연습을 하다 보니 6학년이 되자 춤 실력이 날로 발전했다.

같은 세대인 분들은 무릎을 탁 치면서 아는 음악, 구슬픈 가사에 현란한 댄스가 돋보이는 핫한 가요, 나이키 춤이 유명했던 그 노래…… 뭔지 감이 오는지? 영턱스의 〈정〉이란 노래다.

춤이라면 환장했던 그때, 어린 나이에도 나는 〈정〉을 다 따라 했다. 특히 나이키 춤, 프로스펙스 춤을 따라 하는 여자애들은 별로 없었는데, 나는 모두 출 수 있었다.

그런데 이 춤은 좀 위험한 춤이다. 춤을 추다가 뒤에 서 있는 친구를 발로 차서 안경을 부러뜨린 적도 있었다.

이렇게 나의 발차기를 더욱 다지게 해준 음악, 어릴 때 가장 좋아했던 댄스 음악을 꼽으라면 영턱스의 〈정〉이라고 서슴없이 말한다. 멜로디가 신나고 귀에 쏙쏙 들어온다. 김건모의 〈잘못된 만남〉같이 신나는 멜로디지만 가사는 매우

슬픈 곡이다. 사랑에 아픈 기억이 있는 분들은 눈물이 찔끔 날 수도 있으니 주의 바람.

시간이 흐를수록 내 춤에 대한 친구들의 반응은 뜨거웠다. 춤만 추면 학교 친구들이 너무 좋아했다.

나의 춤 역사 중 가장 가슴 아픈 이야기를 좀 해야겠다. 그룹 신화가 〈와일드 아이스(wild eyes)〉로 활동할 때였다. 그 춤은 멤버들이 의자를 가지고 추는 춤이라 현란하면서 멋있다. 이런 멋진 춤을 두고 내가 가만히 있을 리 없었다. 이 춤을 마스터하기 위해 안무를 모두 외우고 열심히 연습했다. 그런데 딱 한 부분이 문제였다. 춤이라면 다 따라 하는 나지만, 중간에 이민우 오빠가 의자 위에 점프해서 올라가는 것은 죽어도 안 되었다. 아무리 점프해도 몸이 무거워서 의자 위에 올라가지질 않았다.

I LOVE ME

나에 대한 믿음이 필요하다

바로 포기하면 내가 아니지 않는가. 의자 위에 올라설 때까지 죽어라 연습했다. 될 때까지.

❛ 사람이 아무리 노력해도 안 되는 게 있구나. ❜

아무리 하고 싶고 갖고 싶은 게 있어도 내려놓을 줄 알아야 한다는 큰 깨달음을 신화 오빠들 덕에 알게 되었고, 남자 춤은 거기서 접었다.
그다음부터 여자들 춤에 집중 공략했다.
한창 출 땐 장우혁 오빠의 '망치 춤'도 췄었는데, 아쉽다.
신화의 이민우 오빠는 왜 꼭 의자에 점프해서 올라가야 했을까. 예를 들면 손담비의 〈미쳤어〉 등 의자에 앉아서 할 수 있는 춤도 많은데, 왜 의자 위에 올라가는 춤을 춰서 이런 시련을 주었을까.
뭐 아무튼, 나처럼 큰 몸집 때문에 남자 춤이 잘 안 되면 다른 춤을 추면 된다. 진정 하고 싶은 게 있다면 그 끈을 놓지 않으면 된다.
물론 살다 보면 모든 것이 다 내 마음먹은 대로 따라주진 않는다. 신화의 민우 오빠 춤이 나에게 큰 깨달음을 주었듯이. 그래도 포기는 하지 않았으면 좋겠다. 방향만 살짝 틀면 될 테니까.

달리 생각해보면 이런 게 또 인생의 묘미 아닐까? 그 춤을 다 마스터했다면 어땠을까? 멋진 춤만 추느라 섹시한 춤은 아마 안 췄을 것 아닌가.

어릴 적 춤 이야기를 하니까 어깨가 들썩들썩한다.

그때 나에게 큰 깨달음을 준 신화의 〈wild eyes〉 노래를 오랜만에 들어야겠다.

살면서 깨달음은 쉽게 얻지 못하니까.

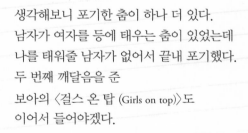

생각해보니 포기한 춤이 하나 더 있다.
남자가 여자를 등에 태우는 춤이 있었는데
나를 태워줄 남자가 없어서 끝내 포기했다.
두 번째 깨달음을 준
보아의 〈걸스 온 탑 (Girls on top)〉도
이어서 들어야겠다.

나에 대한 믿음이 필요하다

나의 우상
백지영 언니와 인연을 맺어
콘서트 무대까지 섰던
감격의 날……

지금보다 더 식성이 좋았던 시기는 중학교 때였는데, 밥 먹는 횟수보다 더 많은 숫자를 자랑하던 것이 있었다. 바로 '백지영의 〈대시(Dash)〉 춤'.

이 춤은 내 생에 가장 많이 연습했던 춤이자, 나에게 새로운 길을 열어준 춤이다.

식욕이 가장 왕성한 중학교 3학년 때, 신세계를 경험했다. 한 달 안에 8킬로그램 감량을 거둔 역사가 일어났으니 말이다.

그저 백지영 언니의 〈새드 살사(Sad Salsa)〉 춤을 한 달 동안 매일 두 시간씩 췄을 뿐인데. 물론 지금은 다시 예전의 몸으로 돌아왔지만.

살이 빠진 이유는 이 곡의 포인트 안무인 털기 춤 때문이 아니었을까. 헬스장에 가면 내 온몸을 덜덜덜 털게 해주는 운동기구와 같은, 그런 효과이지 않을까. 나에게 있어 털기 춤의 원조는 백지영 언니다.

예능 프로그램인 〈룸메이트〉에 백지영 언니가 게스트로 왔다. 나에겐 우상 같은 존재였던 백지영. 그녀와 춤을 췄다. 내 청춘이 담긴 그 춤의 주인공과 함께 춤출 수 있다는 건 정말 신기하고 놀라웠다. 믿기지 않았다. 그리고 가슴이 벅

나에 대한 믿음이 필요하다

차올랐다. 매일매일을 백지영 언니의 춤으로 보냈던 나의 흥겨운 중학교 시절이 한 권의 앨범이 되어 눈앞에 다시 펼쳐졌다. 백지영 언니의 춤으로 말미암아 내 인생이 빛을 보기 시작한 이야기는 뒤에서 다시 하겠다.

〈룸메이트〉에 박진영 오빠도 방문한 적이 있었다. 한때 박지윤의 〈성인식〉의 안무를 너무 좋아해서 진영 오빠 앞에서 꼭 보여주고 싶었다.
매일 빠듯한 스케줄 때문에 연습할 시간이 너무 촉박했다. 할 수 없이 옛날에 췄던 기억을 더듬어서 열심히 췄다. 느낌을 최대한 살려서. 이 춤은 뭔가 섹시한 느낌과 도발적인 표정이 압권이니까.
춤을 추는 그 순간 온몸에 전율이 흘렀다. 내 몸이 그 춤을 기억하고 있었다. 아, 춤과 나의 연결고리. 떼려야 뗄 수 없는 사이가 돼버렸다.
이렇게 내가 오롯이 좋아서 했던 행동들은 몇 년이 지나도 내 몸이 고스란히 기억하고 있었다. 그리고 지금의 나에게 주는 선물이 되었다.

—

살랑살랑 사춘기 바람이 불 때였다.
음악을 좋아하다 보니 가수 팬클럽 회장이라도 될 법한데 신기하게도 그러진 않았다. 누구 한 명만 좋아하진 않았고 연예인을 두루두루 다 좋아했다. 여기서도 내 스타일이 드러나는데, 먹는 것도 하나만 좋아하지 않듯이 연예인도 편식하지 않았다.

그런데 옛날부터 보고 싶은 사람이 한 분 있다.
개그우먼이 되고 나서 방송 생활을 하다 보니 그
당시에 최고의 인기였던 HOT의 다른 오빠들은
모두 보았는데, 정작 내 어린 시절 가장 많이 설
레게 했던 사람은 아직까지 보지 못했다.
그 사람이 바로 장우혁 씨다. 장우혁 오빠는
내 방송 생활 9년 동안 한 번도 보질 못했다.
그분을 꼭 한 번 만나고 싶다. 아직도 나의
작은 희망사항으로 남아 있다. 열심히 일하
면서 살다 보면 언젠가는 만날 수 있겠지.
내심 기대해본다.

—

사람들의 가장 많은 편견이 '뚱뚱한 사람은
유연하지 않다'고 생각하는 것이다.
아니다. 나는 뚱뚱하지만 매우 유연하다.
내가 아는 뚱뚱한 사람들 거의 유연하다.
오히려 팔다리 길고 키 크고 마른 사람들
이 뻣뻣한 경우는 많이 봤다. 장도연 씨

나에 대한 믿음이 필요하다

를 떠올려봐라. 뻣뻣하니 춤 못 추지 않은가. 무슨 춤을 춰
도 굉장히 어색하다. 조금도 유연하지 않다. 오히려 춤과 거
리가 멀어 보이는 사람들이 춤을 잘 춘다. 그러고 보니 개그
우먼 박나래 씨는 유연하게 춤을 아주 잘 춘다.

한 가지 단점이 있다면 덩치가 커서 그런지 춤을 오래 추면
체력이 못 따라온다. 덕분에 큰 덩치인 나만의 안무 방법을
만들었다. 나처럼 춤추다가 금방 지치는 분들은 이 방법을
해보면 좋을 듯싶다.

첫 번째, 머리로 춤의 전부를 익힌다.
두 번째, 내가 못 따라 할 것 같은 동작만 직접 몸으로 연습
한다.
세 번째, 어려운 동작을 마스터하고 나면 그 춤의 전체 안무
를 직접 따라 하면서 외운다.

만약 어떤 춤을 머리로만 익히고 다음 날 우연히 노래방에
가게 되면 100퍼센트는 아니어도 그 춤의 느낌으로 비슷하
게 출 수 있다.
완벽하게 안무를 연습하려면 이틀에서 사흘 정도는 걸린다.
실력이 좋고 안 좋고를 떠나서 나에게 춤은 없어서는 안 되
는, 든든한 나의 백이다.

사람들이 나에게 가장 많이 하는 질문이 있다.

**❝ 틈만 나면 그렇게 춤을 추는데
살은 왜 안 빠지냐? ❞**

그 이유는 따로 있다.
몸을 많이 움직이면서 추지 않는다. 몸 안에 살아 있는 '느낌'을 타면서 출 뿐이다.
"흐느적흐느적 추는 걸 더 좋아하는 취향이라 살이 빠질 수 없는 거야"라고 말한다. 극기 훈련 하듯 빡세게 온몸을 크게 움직이면서 추면 살이 좀 빠질 텐데.
운동이라고는 숨쉬기 운동만 하는 내 몸은 거친 몸동작을 거부한다. 뚱뚱하지만 마른 그녀들보다 더 유연하니까 나는 그것으로 충분히 만족한다. 뭐, 난 느낌에 더 충실한 여자니까. 내가 느낌 있게 산다는 것, 그게 최고 아닌가.

저기, 있잖아요.
춤이 안 되는 사람은
어떻게 해도 안 돼요.

나에 대한 믿음이 필요하다

한껏 흥이 나 춤추는
나의 학창 시절 졸업 앨범

안무를 독학했는데 어디 마땅히 보여줄 곳이 없을 때는 혼자 춤추는 모습을 동영상으로 찍었다. 카메라를 세워놓고 집 안 모든 옷장을 다 뒤져 텔레비전에 나오는 가수의 의상과 최대한 비슷하게 착용했다. 머리 스타일까지도 비슷하게 직접 꾸몄다.

그러고 난 뒤 내가 추는 모습을 영상으로 찍었다. 지금 그때의 행동을 떠올려보니 '내가 참 노래와 춤을 좋아했던 아이구나' 다시 느낀다. 손발이 마구 오글거린다.

대기실에서 녹화를 기다리고 있을 때였다.
옆에 있던 다른 연예인의 스타일리스트가 내 고등학교 동창이라고 하면서 인사를 했다. 난 모르는 여자였다. 기억이 나지 않는데 어떻게 나를 아냐고 물어보았다.

**" 춤을 너무 잘 춰서 학교에서
이국주는 굉장히 유명했어. "**

학교 동창을 만나고 나니 운동회 날이 떠오른다.
고등학교 1학년 때였다.
청군, 백군 중 나는 백팀이었는데 청팀에 있던 동아리 선배

나에 대한 믿음이 필요하다

가 불렀다.

"국주야, 우리 팀 와서 춤 좀 춰줘라."

선배가 시키는데 어떻게 거절하나. 우리 팀도 아닌데 선배가 시키니 청팀에 가서 춤을 췄다. 백팀이 가만히 있었을까. 물론 아니었다. 백팀에 있던 애들이 반격했다.

"쟤는 백팀인데 왜 청팀 가서 춤을 추냐?"

그 말을 듣고 나는 다시 백팀에 가서 춤을 췄다.

결국 나로 말미암아 청팀, 백팀 단체 싸움이 났다. "쟤가 왜 여기서 추냐, 왜 저기로 갔냐"면서 싸우고 난리가 났다.

학교 선생님이 보다 못해 이렇게 말씀하셨다.

" 이국주, 너는 지금부터 운동장 한가운데서 춤을 춰. "

결국 누구의 편도 되지 못하고 나 홀로 백군과 청군 사이인 운동장 한가운데서 보아의 춤을 췄다. 나는 그렇게 튀는 외모도 아니었고, 그저 춤을 좋아했을 뿐인데 모두가 아는 아이가 되었다.

내가 좋아하는 일을 누군가도 함께 좋아해주고 응원해주는 것 같아 행복했다.

그게 바로 인생에서 최고의 기쁨 아닐까.

끼가 충만하던 내 인생에서 가장 뾰족한 순간

고등학교 축제 날

IT'S ME~

내가 좋아하는 일을
누군가도 함께 좋아해주고
응원해주는 것 같아
행복했다

고등학생 때, 가장 친한 친구와 동대문 쇼핑몰에 갔다. 쇼핑
몰 앞을 지나가는데 무대에서 장기자랑을 하고 있었다. 그
것을 보자마자 너무 하고 싶어서 친구에게 같이 나가서 하
자고 했다. 친구는 창피하다고, 싫다고 내뺐다.

"그럼 나 혼자 나갈게, 넌 여기 있어" 하고 혼자 무대에 껑
충 올랐다. 사실 '무대에 올라가면 뭘 해야지' 하는 구체적
인 계획도 없었다. '이왕 하는 거 뭐라도 해봐야지'라는 생
각 하나로 사회자에게 춤을 춘다고 했다. 노래는 잘 부르지
도 못하니까.

내 순서가 되었다. 난생처음으로 8킬로그램 감량이라는 다
이어트를 경험하게 해준 그 춤, 매일같이 췄던 〈Sad Salsa〉
를 선보였다. 이 춤은 중학교 때부터 매일 췄기 때문에 안무
가 몸에 완전히 흡수되어 있었다. 추다가 까먹고 멈추진 않
겠다 싶었다. 에너지가 넘치는 음악과 춤이어서 사람들의
반응이 좋을 것 같았다.

내 예감은 적중했다. 사람들의 반응은 폭발적이었다. 그 인
기를 보여주듯 1등을 했다. 너무 기뻐서 한껏 흥분해 있는
데 관계자가 나를 불렀다. 내일이 주말 결승인데 혹시 올 수
있냐고 물었다. 내일은 일요일이었다.

다음 날, 같은 곡으로 춤을 췄는데 또 1등을 차지했다. 끝나고 난 뒤 관계자는 며칠 뒤에 월말 결승을 하는데 그때도 올 수 있냐고 물었다. 내가 예스라고 답한 것은 당연했다.

월말 결승 날, 물론 갔다.
이럴 수가. 또 1등을 했다. 3연승이었다. 처음으로 친구들이 아닌, 모르는 대중 앞에서 춘 춤인데, 행운의 여신은 계속 내 편이 되어주었다.
며칠 뒤엔 연말 결승이었다. 관계자는 연말 결승에도 또 오라고 했다. 무슨 일이 있어도 간다고 했다.

JUKEBOX

연말 결승 날, 무대 위에 올라갔다. 총 11팀이 있었다. 나만 빼고 전부 노래를 불렀다. 결국 혼자 춤을 췄다.
사람들은 열광했다. 전부 노래를 불렀기 때문에 나에겐 인기상을 주었다.

무대란 곳에 서서 춤을 춘 건 그때가 처음이었다.
학교에서 장기자랑이나 수학여행에서 친구들과 선생님들 앞에서 추긴 했지만, 전혀 모

나에 대한 믿음이 필요하다

르는 사람들 앞에서 춤을 춘 건 처음이었다.

전혀 모르는 사람들이 나의 춤을 보고 즐겁게 웃는다. 그 기분을 처음 맛본 날이었다.

**' 아, 지금 이게 바로 내가 하고 싶은 거였구나.
너무 즐겁다. 이게 바로 행복이구나. '**

그렇게 동대문 쇼핑몰과의 인연이 생기고 그 뒤에도 춤이 좋아 그곳에서 춤을 췄다. 시간이 지나자 팬들도 생겼다. 날 알아보고 인사도 하고 알은척도 해줬다.

이국주란 사람을 누군가 알아봐주고 좋아해주다니……. 말로 표현할 수 없이 기뻤다.

'Sad Salsa' 춤으로 김치냉장고 상 받은 날

대학교에 가서도 춤과의 연결고리는 놓지 않았다.

일반인들이 나와서 장기자랑을 하는 KBS〈쇼 파워비디오〉 프로그램에 나가 춤을 췄다.

당시엔 김치냉장고가 없는 집이 많았다. 그 프로그램에서 춤을 추고 상으로 김치냉장고를 받았다. 누구보다 엄마가 가장 좋아하셨다. 처음으로 딸로서 효도한 것 같았다. 내가 좋아하는 춤을 추길 참 잘했다는 생각이 들었다. 그 시절 췄던 춤들이 지금의 나를 만들었으니까.

어느 한순간도 방관하지 말자. 당신도 절대로 자신을 가만히 내버려두지 말기를 바란다. 무엇을 하든 어떻게든 다 연결고리가 되어 나에게 돌아온다.

나 자신을 한번 믿어보자. 무슨 일이든 일어난다.

한때 나의 별명은 '주크박스'였다. 지금 10대인 분들은 이 단어가 생소할 것이다. 예전에 가게에는 동전 넣고 듣고 싶은 음악을 틀 수 있는 레코드 자동 재생기가 있었는데, 이게 바로 '주크박스'다. 음악에 감각이 있는 사람은 '인간 주크박스'라는 별명으로 불렸다. 친구들이 나를 그렇게 불렀던 이유는 어떤 음악도 도입 부분만 들으면 바로 노래 제목을 알아 맞혔기 때문이다. 그만큼 음악이 좋았다.

좋아하는 노래가 생기면 무조건 가사를 외웠다. 그 노래를 계속 듣고 부르고 싶어서.

초등학교 때 문방구에 가면 초록색으로 세 번 접힌 악보를 팔았다. 그 당시에는 노래의 가사를 그 악보를 보면서 외워야 했다. 아니면 TV에 나올 때 연필로 따라 적든지. 문방구에는 매주 신곡 악보가 나왔다. 그래서 신곡이 나오면 방과 후에 문방구에 가장 먼저 달려갔다.

어릴 때 내 용돈은 이 악보가 거의 꿀꺽했다. 지금 생각해도 이 부분은 정말 후회하지 않는다. 악보를 사기 위해 문방구로 달려가던 그 설렘이 지금의 나를 만들었으니까.

음악을 좋아하다 보니 개인적으로 8090클럽인 〈밤과 음악 사이〉를 굉장히 좋아한다. 그곳만 가면 내 세상인 것 같다.

내가 좋아하는 온갖 노래는 다 나온다. 몇 시간 동안 그 음악에 심취해 있는 그 기분이 좋다. 8090클럽이 생긴 건 나에게 있어서 정말 감사한 일이다.

한번은 내가 개그우먼이라는 사실을 잊고 그 클럽에 갔다. 초반엔 발라드가 나오다가 후반에 댄스 음악이 나오면서 스모그가 자욱하게 깔렸다. 사람들은 춤을 출까 말까 눈치를 보고 있는 중이었다. 너무 흥겨웠던 나는 남의 눈치 안 보고 제일 먼저 일어나서 중앙으로 나가 춤을 추기 시작했다. 순간 거기에 있는 모든 사람이 무대로 나와 한 줄로 기차놀이를 하며 신나게 놀았다. 8090의 음악 하나로 모든 사람을 한마음으로 만들었다.

어릴 때부터 자라면서 즐겨 듣던 음악들은 절대 잊을 수 없다. 음악으로 그 시절의 나를 다시 만날 수 있으니까.

한 번 지나간 시간은 되돌아오지 않는다. 하지만 그 기억을 떠올려 미소 지을 수 있다면 그걸로 우린 행복한 사람이 아닐까.

나에 대한 믿음이 필요하다

1980~90년대에 들었던 음악들은
내가 숨 쉬고 있는 이유이자 내 삶이었다.
그 노래들에는 내 청춘의 숨결이 고스란히 담겨 있다.

—

어린 시절 부유하게 자란 건 아니었다. 테이프나 CD를 살 돈이 없을 때
가 많았는데 그럴 때는 라디오를 굉장히 많이 들었다. 라디오를 틀면 세
상 모든 노래가 다 나오니까.
음악을 들어야지만 흥이 났던 나에게 라디오를 듣는 것은 삼겹살 10인
분을 먹는 것보다 행복한 일이었다. 나는 매일 저녁 라디오를 끌어안고
오늘은 어떤 음악이 흘러나올지 오매불망 기다리는 아이였다.

라디오 방송의 음악은 한 번 들으면 바람처럼 그냥 지나간다.
좋아하는 음악을 계속 듣고 싶은데 돈이 없으니 CD나 테이프를 살 수

가 없었다. 엄마에겐 정말 죄송하지만 공부 열심히 하라고
사주신 영어 테이프에 좋아하는 곡을 녹음했다. 영어 공부
보다 음악이 좋았으니까. 녹음한 테이프는 등하교 길이나
집에 있을 때나 시도 때도 없이 들었다.

테이프 위에는 아주 작은 구멍이 나 있다. 그 구멍이 뚫려
있으면 녹음이 안 되고 막혀 있으면 녹음이 가능했다. 엄마
가 사주신 영어 테이프는 죄다 구멍이 뚫려 있었다. 그래서
그 구멍을 투명 테이프로 붙이거나 휴지로 막아서 녹음했
다. 라디오 방송 음악에 대한 내 마음은 뜨거웠다.

라디오 방송 음악을 녹음해서 듣는 데는 치명적인 문제가
하나 있었다. 방송에는 한 곡이 처음부터 끝까지 나오지 않
고, 끝 부분은 흐지부지 끝나버리거나 갑자기 광고가 툭 튀
어나온다. 아니면 DJ들의 음성이 들린다거나.

**' 아, 음악 한 곡 깔끔하게 듣기가 이리도 어렵단
말인가. '**

뭔가 텁텁한 음식을 먹고 난 뒤 목이 메는 느낌이었다.
내가 뭐 누구한테 피해주면서 어느 가수의 테이프를 사달라
고 한 것도 아니고, 이렇게 혼자 애쓰는데 이것마저 안 도와

주나 싶었다.

하늘이 무너져도 솟아날 구멍은 있다더니.

그랬다. 주말에 한 주간의 노래 순위를 한 번에 주르륵 들려주는 게 아닌가. 마치 고기 무한 리필 식당에 가서 배가 찢어지도록 가득 찰 때까지 배부르게 먹은, 기분 좋은 그 느낌이랄까.

이 사실을 안 뒤부터 그 주 신곡이 나오면 주말까지 기다렸다가 듣고 싶은 노래를 깔끔하게 녹음했다. 엄마의 마음이 담긴 그 영어 테이프에 노래가 차곡차곡 쌓여갔다.

겉옷은 영어 테이프이니 남들이 보면 커서 영어 선생이라도 하려는 줄 알았을 것 같다. 고맙다. 나를 영어 잘하는 아이로 보이게 해줘서. 역시 라디오는 이 시절부터 날 빛내줬네. 역시 보물 1호답다.

녹음 테이프 이야기를 하니 내 짝사랑이 생각난다.

〈내 눈물 모아〉가 나왔을 당시 밤새도록 반복해 들으며 눈이 시뻘게지도록 울었었다.

너의 사랑이 아니라도
네가 나를 찾으면
너의 곁에 키를 낮춰 눕겠다고
잊혀지지 않으므로
널 그저 사랑하겠다고
─〈내 눈물 모아〉 중

이 노래가 나왔을 때
난 열한 살, 초등학교 4학년이었다.
그때 짝사랑하는 그 남자애는 짝꿍을 고를 때
나를 고르지 않고 다른 여학생을 골랐다.
가슴이 찢어질 듯 아팠다.

그래. 그때 난 믿었지. 짝사랑 그 아이가 나에게 올 거라고.
나를 찾아만 준다면 저 노래 가사처럼 내 키를 낮추는 건 물
론 내 몸무게까지 너에게 맞춰줄 자신 있었는데.
그 아이가 봐주지 않아서 난 이렇게 뚱뚱해졌다.
매일 밤 하도 울어서 눈물이 내 몸에 덕지덕지 붙어서 이렇
게 불은 거야.
결국 내 살들은 어린 시절 내가 짝사랑하던 남자아이 때문
인 거야.

혹시, 지금 이 글 보고 있니?
그렇다면 연락 꼭 줘.
내 살 퀵으로 보내줄게.

인생은
내 몸과 마음이
가장 순수하게
살아 숨쉬던
청춘과 평생
`연결'된다

연하

언젠가부터 유행처럼 연상연하 커플이 점점 늘어나고 있다.
연하남들에게 연상녀는 성숙한 느낌의 끌림도 있겠지만 때
로는 누나 같고, 때로는 엄마같이 자신을 이해해주는 포근
함 때문에 더 좋아하는 게 아닐까.

내 주위에는 연하가 많다?
내가 연하를 좋아하니까.

놀 때 나의 스타일을 한마디로 표현하면, 완전 파이팅 넘친
다. 그래서 연하를 좋아한다.

선배님들이나 나보다 훨씬 어른들은 가라오케를 많이 가시는데 난 좀 더 활기찬 곳에서 에너지 있게 노는 것이 좋다. 그래서 언니, 오빠들과 노는 것보다 어린 친구들과 어울려서 게임하고 시끌벅적하게 노는 것이 더 즐겁다.

그러다 보니 자연스레 내 주위엔 동생들이 더 많이 생겼다. 동생들과 어울리다 보면 당연히 내가 챙겨줘야 하고, 잘해주게 된다. 그들보다 내가 언니고 누나니까.

두 명의 동생들과 어울리다 보면 그 애들이 또 자기의 친구들을 데리고 와서, 알게 되는 어린 친구들이 점점 더 많아지게 된 것이다.

20대인 그 당시에는 연하가 너무 좋았다. 그 애들은 젊은 만큼 밝고, 그 에너지를 내가 받는 것이 좋았다.

30대가 된 지금, 한 해 한 해 나이를 먹어가면서 연하가 마냥 좋지만은 않다는 걸 깨달았다. 그 많은 연하들을 얻기 위해선 돈과 시간을 투자해야만 관계가 유지되고 어울릴 수 있다. 애들은 아직 어리고, 나보다는 돈이 많지 않을 테고, 언니고 누나인 내가 당연히 써야 된다.

어쩌면 연하들 입장에서는 돈 잘 쓰는 누나에, 재미있게 맞춰주니까 부담없이 어울릴 수 있었을지도.

한창 놀고 싶은 20대 때는 이런 것들이 마냥 좋았는데, 시

나에 대한 믿음이 필요하다

간이 지나고 나이를 먹다 보니 이제는 언니, 오빠들이 더 편하고 좋다.

열 살 터울의 동생들과 어울리며 챙겨만 주다가 나보다 나이 많은 오빠들과 어울린 적이 있었다. 그것은 마치 신세계 같았다.
나도 보호받고 싶었나 보다. 뭔가 든든한 느낌이 들었다. 나도 누군가에게 기대고 싶나 보다. 내 집같이 편안한 느낌이 들었다.
오빠들이라고 다 멋진 오빠들은 아니었다. 개인적으로는 아저씨같이 고지식한 오빠들 말고 센스 있고 약간 밝은 오빠들. 나이는 오빠지만 아직도 클럽을 좋아한다든지, 요즘 트렌드도 다 알고 옷도 센스 있게 잘 입는 그런 오빠가 좋다. 내가 말은 연하라고 했지만 꼭 연하를 좋아했다기보단 오빠여도 연하같이 에너지 넘치고 센스 있는 사람들을 좋아한다.

사람들이 나에게 자주 하는 질문 중 하나가 "나도 연하들과 친하게 지내고 싶은데 힘들어. 어떡해야 해?"이다. 나도 그들과 쉽게 친해지는 것은 아니다.
이것 또한 '노력'이 필요하다.

그 어린 친구들이 좋아하는 것, 그들의 생각과 놀이에 맞는 것들을 내가 많이 알고 있어야 한다. 요즘 신인 가수들 노래도 다 알고, 그 어린 친구들이 무엇을 즐겨 보고, 즐겨 듣는지도 알아야 한다.

한창 연하들과 어울릴 때 정말 많은 노력을 했다. 지금 나이 서른에 아이돌 인기 가수인 '엑소'의 멤버 이름을 전부 아는 사람은 아마 거의 없을 거라고 본다. 30대에게 슈퍼주니어의 멤버들 이름을 정확히 말해보라고 하면 아마 거의 다 모를 것이다.

난 멤버들의 얼굴과 이름을 정확히 다 외웠다. 그래서 어린 친구들과 나누는 대화가 가능했다. 열 살 차이가 나는 누나지만 대화가 잘되기 때문에 내 주위엔 연하가 많지 않았나 하는 생각이 든다.

젊은 연하와 심장이 쫄깃해지는 연애를 꿈꾼다면 젊은 감각과 나이도 잊어버리게 만드는 교감으로 경쟁력 있는 연상녀로 변해야 한다는 것을 잊지 말자.

HEY~ YOUNGER MAN~

나에 대한 믿음이 필요하다

—

방송에서 알게 된 가수 백지영 언니는 전생에 나라를 구한 게 틀림없다. 모든 누나들이 부러워하는 아홉 살 연하의 멋진 남자 정석원 씨와 결혼했으니.

백지영 언니는 연하랑 사니까 좋은 점이 확실히 많다고 했다. 가장 좋은 건 남편이 연하여서 좋은 것보다 그의 마음 씀씀이 덕분에 행복한 거라고 한다.

여기서 우리가 배울 게 있다.

우리 골드미스 여성분들은 무조건 연하를 만나지 말고, 연하를 만나더라도 이렇게 '좋은 남자'여야 행복하단 얘기다.

가장 중요한 건 여자의 노력이다. 치명적인 매력의 소유자인 백지영이니까 이런 멋진 남자를 만난 것이다.

꽃보다 아름다운 연하와 살고 싶으면 자신부터 많은 노력을 해야 한다. 듣기로는 피부 관리에 늘 신경 써야 하고, 그러면서도 남자한테 티 나면 안 된다는 것! 나이에 걸맞게 내 남자의 말을 잘 들어주고 잘 보듬어

주어야 연하인 남자 친구가 나한테 기댈 수 있다. 요즘 연하들은 그냥 나이만 많은 포근한 연상녀에겐 매력을 못 느낀다. 그렇다고 재력만 갖춘 연상녀한테도 관심이 별로 없다고 한다.

사랑하는 데 나이는 상관없다. 서로 마음이 얼마나 잘 맞고 남자의 기를 어떻게 살려주느냐, 이것이 관건이다.

엄마처럼 너무 잔소리해도 안 된다. 너무 누나 같고 엄마 같은 모습만 보여주면 오히려 남자들은 불편해한다. 편안하게 잘 지내고 싶다면 우선 그들의 얘기를 잘 들어주고, 들으면서 바로바로 호응도 해주고, 함께 어울려주는 게 좋다. 뭐 이건 연상이든 연하든 마찬가지다. 내가 더 선배라고 조언해준답시고 얘기하기 시작하면 그들이 불편해한다. 그날의 만남이 그대로 마지막 만남이 될 수도 있다.

우리가 어렸을 때의 모습을 떠올려보면 좀 더 이해가 쉬울 것 같다. 엄마가 사소한 잔소리만 해도 싫었고, 선배가 나한테 꾸짖거나 충고하는 것도 싫어하지 않았던가.

당신이 어린 친구들한테 그대로 한다면 어떨 것 같은가. 절대 연하들과 친해질 수 없다. 아마 영원히 당신을 찾지 않을 것이다.

나에 대한 믿음이 필요하다

내 휴대폰 '연락처'에는 다양한 사람들이 저장되어 있다.

세상에는 수많은 사람들이 있지만 그 사람들을 함부로 내 휴대폰 안에 들이지 않는다. 아무리 많이 소유하고 있어도 연락할 마음이 없거나 연락하지 않으면 '연락처'의 의미는 없다.

역시 내 연락처에는 연하가 많다.

어떤 사람들은 나 이국주란 여자를 나름 많이 노는 언니같이(?) 보는 있을 것 같은데, 천만의 말씀. 이래봬도 어릴 적부터 너무나 보수적인 아빠 밑에서 절대 쉽지 않은 여자로 자랐다. 때문에 연락처에 한 명 저장하는 것도 쉽사리 허락되지 않는다.

나의 성향은 보수적이지만 사람은 무척 좋아한다. 사람들과 연락하며 지내는 것을 정말로 좋아한다. 사람을 얼마나 좋아하냐면, 한번은 이런 적이 있었다.

빠듯한 하루 일정을 마치고 시계를 보니 새벽 3시. 나의 분신인 인조 속눈썹이 돌덩이처럼 무겁게 느껴져 빨리 집에 가서 쉬고 싶은 마음뿐이었다. 하지만 아침 촬영이 잡혀 있어 눈을 붙일 수 있는 시간은 고작 2시간뿐.

매니저 오빠가 고생했다며 집에 데려다주는 길에 잠시 눈을 감고 있는데, 아까 녹화 중 걸려왔던 전화가 번뜩 떠올랐다.

"언니 뭐해요?"

"응, 지금 녹화 중."

"언제 끝나요? 나 언니랑 술 한잔 하고 싶은데."

"언니 새벽에 끝날 텐데, 괜찮겠어?"
"괜찮아요! 언니 그럼 끝나고 연락해요."

나를 찾아 전화를 건 사람은 바로 시스타의 효린이다. 효린이는 방송에서 처음 만났었는데, 그때 효린이는 언니랑 친하게 지내고 싶다며 내게 먼저 다가왔다. 대화를 나눠보니 마음이 잘 통해 그 뒤로 연락하고 지냈다.

순간, 바로 차를 돌려 효린이에게 갔다. 물론 이날 잠은 한숨도 못 잤다.

누군가 나를 찾을 때는 분명 이유가 있다. 그러니 그 사람에게 도움이 되어주어야 한다고 생각한다. 나에게 손을 내밀었는데, 내가 그 손을 뿌리치면 그 사람은 기대고 싶을 때 다시는 나를 찾지 않을 것이다.

반대로 나 역시 누군가에게 손을 내밀 때가 있을 것이다. 그런데 그때 상대방이 날 거절하면 상처가 깊게 남거나 그 사람에겐 그 어떤 부탁도 못하게 되는 것 같다.

4년 정도 같이 커온 아이돌이 있는데, 그 아이들이 지금은 나에게 너무 고마워한다.

고마워하는 데에는 이유가 있다. 만약 연하들과 친하게 지내고 싶은데 그들이 남자라면 그 아이들을 친동생이라고 생

나에 대한 믿음이 필요하다

각하고 대해야 한다. 남자로 보면 이렇게 몇 년 동안 사이좋게 지낼 수 없다. 부담 없이, 서로 사심도 전혀 없이 대해야 한다. 물론 내가 누나고 그들은 동생이니까 내가 배려와 돈을 좀 더 써야 하는 점이 있다. 인성을 제대로 갖춘 연하들은 몇 년 뒤에 내가 잘해줬던 것들을 다 기억하고 고마워한다.

아이돌이 된 연하들 중 한 명이 자신이 만든 노래 뮤직 비디오의 출연을 제안하길래 당연히 출연했다. 그는 너무 고맙다며 노래 저작권료가 들어오면 명품 가방을 사주겠다고 했다. 그냥 하는 말이라도 그 마음이 얼마나 고맙던지. 그러고선 "누나가 항상 밥 사주고 술 사주고 했던 거 알아요. 고맙게 생각하고 있어요. 내가 잘돼서 꼭 보답할게요"라는 얘기를 들으면 그렇게 뿌듯할 수가 없다. 동생 키우는 친누나 같은 맛이 있다.

7년 전부터 친했던 그 동생들과는 부모님들까지도 서로 잘 알아서 같이 밥도 먹고, 심지어 그들이 아파서 병원에 입원했을 때는 찾아가 어머님들과 인사하며 식구처럼 잘 지냈다.

결론은 귀여운 '연하'들을 곁에 오래오래 두고 싶다면 절대 '남자'로 보지 말라는 얘기다.

술 먹이고 밥 먹여서 키운 그 연하들이
서른이 된 나에게 '아줌마'라고 부른다.
또 어떤 연하남은 내가 남자 친구와 헤어졌을 때
이런 질문을 했다.

"누나! 못생겨서 차였죠?"

"야, 예쁜 사람한테 못생겼다고 하면 웃으면서 넘어가지만
못생긴 사람한테 못생겼다고 하면 상처받아."

"난 누나 못생겼다고 생각한 적 없는데요?"

"자식, 누나 생각해주는 사람은 역시……."

"절대 그런 생각을 한 적 한 번도 없어요.
뚱뚱하다고는 생각했지."

인연을 끊어야겠다.
그렇게 난 휴대폰에 있는 연하를 몇 명 지웠다.

때론 연하들은 거침없이 솔직하다.
그들을 갖고 싶다면 상처받을 용기까지 갖춰야 한다.

'연하와 친해지려면
나의 신용카드는
법인카드가 되고
나의 몸은
대리기사까지 될
각오가 되어야 한다—

연기

/

연애

\

연관 I, II

/

연탄

행복 두 번째

세상 모두에게

사 랑 받 을

필요는 없다

연기

옛날부터 가식적인 얼굴로 애교 떠는 사람들을 만나면 나는 인상부터 구겨졌다.

'내가 좋아하지도 않는 사람에게 왜 좋은 얘기를 해줘야 하지?', '상사에게는 왜 그렇게 손발을 비벼가면서 비위를 맞춰야 하지?' 하는 의문이 들었다.

속마음과 다르게 '연기'를 하는 사람들을 보면 '참 가식적이다'라는 생각만 들었다. 앞에서는 잘하다가 뒤에서는 전혀 다른 말을 하니까. 이런 '연기'라면 아무리 뛰어나도 잘했다고 칭찬하고 싶지도 않고 달갑지도 않다.

엄마가 날마다 하신 말씀이 있다.

여자는 곰보다 여우 같아야 잘산다고.

나는 외모로 보나 성격으로 보나 자연산 100퍼센트 곰이었다. 싫은 거 싫다고 말 못하고 남이 부탁하는 거 거절 못해서 다 들어주는 스타일. 그러다가 결국 그게 내 속에서 곪아터지고. 혼자 모든 걸 감당하려고 끙끙대는 답답한 스타일, 그게 나였다.

사회생활을 하다 보니 이런 일은 더욱 잦아졌다. 그럴수록 스트레스가 쌓여 건강도 점점 안 좋아졌다. '나한테 못되게 굴면 똑같이 하면 되지, 왜 내 애인도 아닌 사람에게 잘해줘야 하는 거지? 짜증나게 굴면 때려치워야지'라는 극단적인 생각까지 했다. 이렇게 나의 뇌는 지구랑 우주 사이를 하루에도 몇 번씩 왔다 갔다 했다.

날이 갈수록 스트레스는 심해졌다.

온갖 맘고생, 몸고생을 겪다가 어느 날 문득 이런 생각이 들었다.

' 난 연기자고 개그우먼인데 그런 연기 하나 못하나? 내가 마음에 안 들더라도 연기는 내 전문인데. 일이 아닌 생활연기를 하면 되잖아? '

세상 모두에게 사랑받을 필요는 없다

그렇게 가식이 싫어 죽겠으면 내 직업인 '연기'를 한번 해
보자.

다음 날, 코미디 연습실 문을 열자마자 가장 마음에 들지 않
았던 선배부터 찾았다. 한눈에 딱 띄었다. 그 못된 선배한테
다가갔다. 선배의 앉아 있는 자세와 표정은 여전히 마주하
고 싶지 않게끔 했다.
"선배님, 점심시간 지났는데 식사는 하셨습니까?"
순간 손발이 오글거리고 불편했다. 채식만 하다가 뷔페에
가서 온갖 음식을 한꺼번에 먹고 체한 것 같은 기분이었다.
이 기분을 알려나?
선배는 평소와 다르지 않게 불만스러운 눈빛으로 날 바라봤
다. 표정은 나의 인사를 받은 건지 안 받은 건지는 모르겠지
만, 그와 상관없이 말을 건넸다.
역시 사람은 한결같다. 한쪽이 노력하면 조금 바뀔 법도 한
데, 사람은 쉽게 변하지 않는다. 선배를 보면서 또 한 번 느
낀다.
아무튼 내가 죽겠다 싶어 싫어하는 사람들에게 먼저 말을
건네고 친절하게 대하는 '연기'를 계속했다.

그렇게 몇 달이 지났다.

그러다 보니 억지로 '연기'하는 게 아니라 자연스럽게 애교가 생기기 시작했다. 무대가 아닌 일상생활에서도 연기를 하다가 트레이닝이 된 걸까. 사람을 대할 때 무뚝뚝한 곰이 아니라 조금 부드러워졌음을 느꼈다. 덕분에 지금 나는 사람들에게 다가갈 때 '연기' 할 필요가 없어졌다. 불편한 마음으로 애써 억지 연기를 하지 않아도 된다. 사람들에게 부드럽게 다가가는 모습이 이제 나의 것이 되어버렸다.

무덤덤했던 내가 변하고 나니 좋아하지도 않는 사람들한테 잘해주는 모습을 보며 가식적이라고 생각하고 싫어했던 것을 반성하게 된다.

예전엔 사람들에게 왜 잘 보여야 하는지 전혀 몰랐다. 내가 좀 어색하더라도 상대방에게 한마디라도 기분 좋게 말했더라면 좋았을 텐데.

그래도 뭐 괜찮다. 이제라도 알게 되었으니. 누구나 살아가면서 아쉬웠

세상 모두에게 사랑받을 필요는 없다

던 일들을 떠올리면 책 한 권으로도 모자를 테니까. 인생을 올바르게만 산다면 살아 있다는 느낌을 받지 못할 것 같다. 이렇게 실수하고 넘어지고 실패를 해봐야 사람은 발전하는 거니까.

내가 변하니 더 많은 사람들을 얻었다.

사람들한테 먼저 다가가는 게 불편하고 부담된다면 '연기'를 한번 해보면 어떨까. 우리는 모두 아주 사소한 말 한마디로 상처받기도 하고 감동받는 사람들이니까.

바빠지면 너무 힘들고 짜증날 때가 있다. 그때 나는 마음속으로 하나도 힘들지 않다고 되뇌이고 '연기'를 한다. 사람들에게 먼저 가서 아주 밝은 하이 톤으로 "안녕하세요!" 하고 인사한다. 못되고 이상한 사람이 아닌 이상 그렇게 밝게 인사하는데, '쟤 뭐야' 그러진 않는다.

웃는 얼굴에 침 못 뱉는단 말도 있지 않은가. 밝은 척 신나는 척한다.

내 애교는
소주 두 병 또는
소맥 열두 잔부터
더 심해진다.

내가 긍정의 에너지를 내뿜으면 상대방도 그 밝은 기운을 나에게 내뿜어준다. 그러면 기분이 업 돼서 그 사람에게 더 잘해주고 싶어진다. 이제 '연기'가 아니라 진심으로 사람들에게 잘해주는 나를 발견하는 것이 즐겁다.

———

'연기'는 사회생활에서만 필요한 게 아니다.

남녀 관계에도 '연기'는 필요하다.

매일 우는 연기를 하는데도 안 먹힌다고? 여자의 무기가 눈물이라지만 남자의 마음을 훔치기 위해 우는 연기를 하는 시대는 이미 지났다. 세월이 흐를수록 순수한 남자는 찾아보기 드물어졌으니까. 크고 어여쁜 눈망울에서 닭똥 같은 눈물이 뚝뚝 흘러내려도 여자의 눈물은 이제 남자들에겐 진부해졌다.

여자에게 남자는 굉장히 어려운 존재다. 너무 잘해주면 딴생각하고, 너무 안 해주면 탈난다. 대부분의 남자들이 그렇다는 이야기다. 그러니까 여자들이 내 남자를 잡기 위해선 이제 우는 연기가 아닌 '진짜 연기'를 해야 한다.

주변엔 예쁘고 능력도 있는데 의외로 남자를 제대로 사귀어

세상 모두에게 사랑받을 필요는 없다

보지 못한 동성 친구들이 굉장히 많다. 그런 여자들은 남자들이 서울에서 부산까지 줄 설 것 같은데, 죄다 구멍투성이다.

내 친구 중에 매우 예쁘고 능력 있는 친구가 있었는데, 이 친구는 본인이 마음에 들면 무작정 다 퍼줬다. 남자 친구와 만나는 시간, 장소 모두 그 남자가 되는 시간에 맞췄다. 연락도 늘 남자가 하기 전에 먼저 하고, 보고 싶으면 보고 싶다고 항상 표현했다.

연인 사이에는 좋으면 좋다, 싫으면 싫다고 솔직하게 표현하는 것이 굉장히 중요하다. 하지만 내가 보기에 이 친구는 그 남자보다 앞서가는 느낌이었다. 연인은 함께 나란히 걸어가야지, 한 사람만 서둘러 앞서 걸으면 따라오는 사람이 버겁다.

어느 날, 그 친구와 둘이 커피를 마셨다. 대화에 집중을 못 하고 계속 안절부절못하는 게 보였다. 친구는 남자 친구의 연락을 기다리고 있었다. "왜 연락이 안 오지? 무슨 일 생긴 걸까?" 조바심에 가득 차 남자에게 계속 연락을 했다.

몇 달 뒤, 결국 그 둘은 헤어졌다. 누군가 한 사람이 바람을 피운 것도 아니었고, 둘이 싸운 것도 아니었다. 그런데 헤어졌다. 뭐가 문제일까. 이 둘은 서로 좋아하지만 나란히 손을 잡고 함께 걸어가질 못했다.

남자도 그렇겠지만 여자가 너무 솔직하게 다 표현하고 들이 대면 남자는 부담을 느낄 수밖에 없다. 그러다 보면 그 남자는 '어차피 이 여잔 날 좋아하니까'라는 생각이 들어서 자신만 목 빠지게 바라보고 있는 그 여자에게 공을 들이지 않을 수도 있다. 남자들은 사랑하지 않아도 올라가기 힘든 나무를 더 정복하고 싶어 하는 욕망이 있다고 하니까.

외모나 능력이 뛰어났음에도 불구하고 남자 때문에 인생을 다 산 것처럼 고민을 끌어안고 있는 여자들을 상담할 때마다 난 이렇게 말한다.

" 너 같은 얼굴과 몸매를 가진 여자라면 더 당당
해도 돼. 그 사람이 너무 좋아서 연락하고 싶은
건 알겠지만, 그게 이십 몇 년 살아온 너의 성격
이라할지라도 조금만 참고 기다리면 그다음엔
상상도 못할 일들이 생길 거야. "

방송에서도 수많은 여성들이 고민을 털어놓는데 대부분 '그 남자의 속을 모르겠다'이다.

그리고 그런 남자와의 만남을 계속 반복한다.

속담에 "열 길 물속은 알아도 한 길 사람 속은 모른다"고 했다.

미녀만 찾는 줄 알았던 남자들이 의외로 평범한 여성과 사

세상 모두에게 사랑받을 필요는 없다

랑에 빠지는 경우가 많다. 그런 경우 우리는 매우 의아해하는데, 한번쯤 그 이유를 알아볼 필요가 있다.

지금 자신이 한국을 대표하는 현모양처 신사임당이 될 정도로 어진 여성인가. 아니면 외모가 김태희, 전지현 정도인가. 그렇지 않다면 당장 인내심이 뛰어난 '연기'에 돌입해야 한다. 외모는 예쁜데 예쁨 받지 못하는 여성에게도 내 남자를 곁에 두기 위한 '연기'는 필요하다.

레스토랑에서나 길을 가다 보면 연인 사이 같은데 여자가 남자한테 짜증이나 화내는 모습을 목격하게 된다. 대체 왜 화를 내는 것일까. 남자한테 화내는 그 이유를 여자는 정확히 말할 수 있을까. 자신의 속마음에 상관없이 나도 모르는 행동을 하는 게 '여자'다. 이것 또한 남자들은 이해가 갈까. 절대 이해 못한다.

아일랜드 소설가 오스카 와일드의 명언들 중 내가 가장 좋아하는 말이 있다. 원래는 오스카 와일드가 누군지 몰랐는데, 이 말을 했다고 해서 찾아보게 된 소설가다.

**❝ 여자는 사랑받을 대상이지,
　이해돼야 할 대상이 아니다. ❞**

라면에 수프를 넣어야 라면이 완성되듯 여자에겐 사랑을 주어야 오롯이 '여자'가 된다.

남자든 여자든 '행복한 연애'를 하기 위해서는 정지되어 있어선 안 된다. 늘 한 발자국씩 나아가야 하고 발전되기 위해서 스스로 노력해야 한다.

예외는 없다.

우리가 여자로 태어난 이상 '단호박 같은 여자'로 살아야 하는 건 숙명이다. 사람은 늘 겸손해야 하니까. 너무 단호하기만 해서는 안 된다. 단호하면서 달달한 단호박 같은 여자면 금상첨화다. 이렇게 예쁜 단호박이 되기 위해선 '연기'를 해야 한다.

SWEET PUMPKIN

아오~
내가 진짜 몸무게 앞자리가 7만 됐어도
남자들 다 꼬시는 건데.

세상 모두에게 사랑받을 필요는 없다

사랑할 땐 잘 참아야 한다.

참기 힘들다면 '참는 연기'부터 연습해야 한다.

여자들은 밖에서 사회생활을 할 때는 다들 똑 부러지고 현명한데 이상하게 '연애'라는 마을에 들어서면 갑자기 갈 길을 잃은 미아들로 변한다. 물론 나 역시 마찬가지다. 좋아하는 남자한테 약간 차가운 척하기란 사실 쉽지 않다.

마음고생하며 기다리면서 '연기'를 하고 나면 그 남자의 반응이나 생활 패턴이 변한다. 그때부터는 그 남자가 정말 자신의 것이 되는 것이고, 나도 억지로 '연기'할 필요가 없어진다.

내 거인 듯 내 거 아닌 듯한 '썸남'을 그 누구도 근접할 수 없는 나만의 것으로 만들어야 하지 않겠는가. 물론 서로가 가장 설레야 할 이 '썸' 타는 기간조차 노력하지 않는, 자기 멋대로인 남자는 여자가 힘껏 차버리는 게 현명하다.

전에 오롯이 곰으로만 지낼 때 좋아한 남자가 있었다.

너무 좋아하다 보니 내 감정을 주체하지 못하고 계속해서 공을 들였다. 무슨 날도 아닌데 선물도 계속 사다주고 연락도 늘 먼저 했다. 좋아하는 마음을 전혀 숨기지 않고 그대로 다 드러냈다. 그때는 그래야만 내 것이 될 거라고 생각했다.

결국 그 남자는 나에게 오지 않았다. 애지중지 그 남자만 바라보고 있으니 그 남자에겐 사랑이 아닌 '부담'이 자라났다. 그로써 상처도 많이 받았지만 깨달음도 얻었다. 남자와 여자 관계에서도 바로 '연기'가 필요하다는 것을.

좋아하는 남자에게 냉정하긴 힘들겠지만 용기를 내서 시니컬한 여성인 척 연기를 하면 어떨까. 그러면 한 번은 그 남자가 나를 찾게 된다.

그 남자에게 연락이 왔을 때 내가 어떻게 반응하는지가 굉장히 중요하다. 생전 먼저 연락하는 일 없던 그 남자에게 전혀 안 기다렸다는 듯 시크하면서도 약간은 무심하게 '연기'를 해줘야 한다. 무관심한 내 반응에 그 남자가 속으로 '어? 얘 지금 뭐지?'라는 생각이 들면 이미 반은 성공이다.

지금 이 책을 보고 있는 미모의 여성분들도 제발 '연기'를 해줬으면 좋겠다. 나처럼 곰 같은 여성보다 훨씬 미모의 여성들이 자꾸만 남자들한테 상처받고 끙끙 앓는 게 속상해서 그런다.

세상 모두에게 사랑받을 필요는 없다

나도 좋아하는 사람 앞에서는 자신감이 떨어진다. 그러니 세상의 모든 여자들은 나를 보고 자신감을 가졌으면 좋겠다.

남자와의 관계에선 적당한 '선'을 잘 잡아야 한다. 처음부터 너무 차갑게 대하면 남자 쪽에서는 관심은커녕 아예 짜증부터 날 수 있으니 조심해야 한다. '얼굴이 안 예쁘니까 성격도 저렇지' 라는 소리를 들을 위험도 있고, 그 남자와는 영원히 친해질 기회가 없어질 수도 있다.

초반에는 관심을 보이고 살짝 친절하다가 본격적으로 친해질 때 살짝 발을 빼는 것이다. 내 남자로 만들기에 가장 좋은 시점을 찾는 게 중요한데, 아마 본인이 그 남자가 너무 좋아질 것 같을 때 하면 되지 않을까 싶다. 이때는 감정이 주체가 가장 안 되는 시점이지만, 진짜 내 남자로 만들고 싶다면 인내심을 가지고 '연기'를 해야 한다. 마치 난 널 한 번도 좋아한 적 없었다는 듯이.

물론 좋아하는데 안 그런 척하는 연기는 굉장히 하드 코어한 연기다. 하지만 영원한 내 짝을 얻을 수만 있다면 이런 힘든 연기는 시도해볼 만하지 않을까.

썸 = 간
간을 잘 봐야
'사랑 = 요리'가
완성된다.

'썸남'은 애태우라고 있는 거다.
그래야 진짜 내 것으로 만들 수 있다.

사람이 매일 매 순간 기분 좋을 순 없다.
하지만 그날 그날 내 기분에 따라서 사람들을 대하면 안 된다.
그 사람들은 내가 무슨 짓을 해도 용서해주는 나의 엄마가 아니다.
내 감정은 마음속 외진 구석에 숨겨놓고 '늘 기분 좋은 연기'를 하다 보면
두 배의 기쁨으로 돌아올 뿐 아니라 얻는 것도 많아진다.

언젠가 길을 가다 본 글귀가 참 맘에 들었다.

❝ 마스카라가 아닌 립스틱을 망치는 남자를 만나라. ❞

하나뿐인 나의 남자로 만들고 싶다면 조금 시크한 척 굴어도 된다. 굳이
내 마음을 전부 보여주면서 화내고 짜증낼 것이 아니라 조금만 참고 기
다리는 '연기'를 하면 어떨까.
사회생활을 하거나 연애를 하거나 초반엔 모두 '연기' 연습이 필요하다.
참고 인내하는 연기를 하다 보면 나중엔 나에게 좋게 돌아오고, 그러다
보면 연기가 아닌 정말 나의 진정한 모습을 보여줄 수 있게 된다.

하.
다른 연기는 다 자신 있는데
입맛 없는 연기는 너무 어렵다.

세상 모두에게 사랑받을 필요는 없다

사랑은
언제나 미완성이다
미완성된 사랑은
때론 '연기'로 채울 수 있다
행복한 미래를 위해서

연
애

연애.

말만 들어도 설렌다.

연애(戀愛)의 뜻을 국어사전에서 찾아보니 "남녀가 서로 그
리워하고 사랑함"이라고 적혀 있다.

세상 모든 남자와 여자는 이 '연애'란 것 때문에 몇 번이고
죽다 살아난다.

절대 쉽지 않은 것이 바로 '연애'다.

예쁘지 않거나 날씬하지 않은 여성도 '사랑'을 알고 모두 '연
애'를 한다.

세상 모두에게 사랑받을 필요는 없다

나는 스물일곱 살에 처음으로 연애를 했다. 내 콤플렉스인 뚱뚱한 외모와는 상관없이 나만을 진심으로 사랑해주는 사람을 만나 열심히 사랑을 했고, 그 경험을 통해 나를 받아들이는 법을 배웠다.

남자 친구는 내 친구의 아는 동생이었다. 여럿이 어울려 만날 때마다 인사만 하는 사이였는데, 계속 보다 보니까 주위에서 부추겼다. '둘이 잘 어울린다', '사귀어라' 이런 분위기. 둘 다 연애를 한 번도 해본 적이 없어서 무얼 어떻게 해야 하는 건지 아무것도 몰랐다.

그렇게 우리의 만남을 이어가다가 "어? 우리 사귀는 거야?" 이렇게 얼떨결에 사귀게 되었다.

공식적으로 사귄 뒤 처음 한 달 정도는 '이런 게 사귀는 건가' 싶었지만, 적응이 안 됐다.

두 달 정도 되니까 '아, 우리가 정말 연인이 되었구나'라는 느낌이 확실히 들었다.

얘길 들어보면 요즘엔 다들 진도가 빠르던데 우린 좀 어색하고 요즘 연인 같지 않은 연인으로 시작했다. 스킨십도 둘다 너무 쑥스러워하다가 1년 만에 첫 키스를 했다.

둘 다 어려워서 천천히 다가갔는데, 주변에서 하도 "너네뭐냐", "그게 사귀는 거냐?"라고 하니까 '이 친구가 나를 좋아하긴 하는 건가?' 하는 의심이 들었다.

남자 친구는 외모가 훈훈했다. 나는 비교당할까 봐 자격지심까지 생기기 시작했다. 그러다가 '이 친구가 날 좋아하나? 그냥 심심해서 만나는 건가?'라는 생각이 들었다.

지금 와서 생각해보면 의심했던 그 시간들이 가장 후회스럽다. 어리석게도 나는 주변 사람들 얘기만 듣고선 그 친구의 순수한 마음을 의심했다. 의심이 생긴 다음부터 우리는 자주 싸우기 시작했고, 나는 자꾸 내 마음을 괴롭혔다.

누구나 잘 아는 당연한 얘기지만 연애할 때 '의심'은 하지 말았으면 좋겠다.

헤어지고 나면 그 후회는 걷잡을 수 없이 크다.

첫 데이트 날, 파주 프로방스에 있는 파스타 가게를 갔다. 남자 친구는 크림 스파게티를, 나는 토마토 스파게티를 시켰다.

음식이 나오자 남자 친구는 스파게티를 돌돌 말아서 숟가락 위에 올리더니 내 입에 갖다 주었다. 돌돌 말린 파스타가 내 눈앞에 온 순간 지금 죽어도 여한이 없을 정도로 행복했다.

뭐든지 처음인 그 순간은 시간이 지나도 선명하게 남는 것 같다.

세상 모두에게 사랑받을 필요는 없다

순간, 생각했다.

'숟가락을 입으로 쪽 빨아서 먹어야 하나?'

'내 입에 다 묻지 않게 이로 긁어서 먹을까?'

정말 별거 아니지만 어떻게 먹어야 하는지 고민했다. 남자 친구 앞이라 예쁘게 먹고 싶은 마음이 컸으니까. 내 입에 묻으면 창피할 것 같아 이로 싹 긁어서 먹었다. 먹고 나서 숟가락을 보니 그 새하얀 소스가 내 이빨 자국 때문에 만신 창이가 되어 있었다. 창피해서 얼굴이 달아오르는 순간 그 친구는 지저분한 흔적만 남은 숟가락을 본인의 입으로 가져가서 다시 먹었다.

‘ 아, 이 기분은 뭐지? ’

처음 느껴보는 기분이다.
심장이 쫄깃해지는 이 감정을 언어로 뭐라 표현해야 될까.
만나는 사람이 ‘참 좋은 사람’임을 알게 되는 것은 이렇게 사소한 순간 아닐까. 밥 먹다 느끼듯이, 무얼 하는 중에 문득.

또는 상대방에 대한 노력을 하던 중에 느끼기도 한다.

우린 만나면 항상 음악을 들었다. 둘 다 음악을 좋아해서. 남자 친구는 나보다 어렸기 때문에 내가 어릴 때 즐겨 듣던 1990년대 노래들은 당연히 몰랐다. 아마 관심도 없었을 것이다.

어느 날 남자 친구가 가져온 음악을 같이 듣는데 90년대 음악이 흘러나왔다. 어떻게 된 거냐고 물으니 어린 시절 내가 즐겨 듣던 음악을 함께 느끼고 싶어서 집에서 먼저 들어보고 같이 들으려고 가져왔다고 했다.

본인이 좋아하는 최신 음악을 듣고 싶었을 텐데 상대방을 위하는 마음이 우선이었던 거다. 이 친구는 나에게 진심으로 많은 배려를 했다. 살면서 그런 좋은 남자 친구를 만났다는 건 참 고마운 일이다.

'연애'란 서로가 서로에게 마음껏 취해도 됨을 허용하는 것이다. 취하다 잠들고 또 다음 날이 되어 또 취해도 상관없다. 매일매일 서로에게 취해 취중진담을 해도 이해할 수 있는 사이가 '연애'다.

사람에게 취해 살던 시절이 있다는 것은 최고의 행복이다.

아무리 부자여도 돈으로 살 수 없는 그 시절 그 시간들.

세상 모두에게 사랑받을 필요는 없다

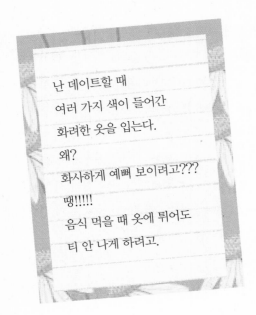

난 데이트할 때
여러 가지 색이 들어간
화려한 옷을 입는다.
왜?
화사하게 예뻐 보이려고???
땡!!!!!
음식 먹을 때 옷에 튀어도
티 안 나게 하려고.

남자들은 여자 친구가 말 안 하고 어디 가면 굉장히 싫어한
다. 남자들은 무심한 것 같지만 이런 면으로 보면 여자보다
소유욕이 훨씬 더 강한 것 같다.
남자 친구는 아직 어렸기 때문에 한창 친구들을 만나서 놀
고 싶은 마음인 것도 당연했다. 여자 친구를 너무 사랑해도
어쩔 수 없는 부분이 있었다. 나는 이 부분을 이해해주려고
많이 노력했다.

만약에 "내일은 못 볼 것 같아. 친구들 만나서 놀 거야" 이러면, "아, 그래 알았어" 하고선 궁금해도 묻지 않았다. 오히려 그 친구가 나를 더 궁금하게 만들었다.

"그래, 그럼 내일은 나도 친구들이랑 놀아야겠다. 알겠어~" 라고 남자 친구에겐 관심 없다는 듯 답한다. 그러면 그 친구는 내가 누구랑 노는지 궁금해 죽으려고 한다.

다른 때는 놀 때 전화를 잘 안 하는데, 내가 친구들이랑 있다니까 전화가 온다.

"뭐해?"

"응, 나 친구 만났어. 왜?"

누구랑 어디 있는지, 뭐 하는지 일부러 다 말하지 않는다.

"어딘데?"

"응, 나 지금 홍대."

더 알려주지 않는다. 두리뭉실하게 대답하면 궁금해 죽겠는지 더 찾는다. 남자 친구는 내가 그렇게 대충 얘기하면 누구랑 있는지 뭐 하고 있는지 정확히 알고 싶어한다.

남자 친구가 잘 놀고 있는데 굳이 내가 연락해서 방해하는 것보다는 놀고 있으면서도 중간 중간 나를 생각하게 만드는 게 더 현명한 여자란 생각이 들었다.

자꾸 캐묻지 않고 오히려 나를 더 찾게 만드는 것.

세상 모두에게 사랑받을 필요는 없다

내가 생각하는 건강한 연애 방법이다.

남자들은 연애 초반에는 간이고 쓸개고 다 빼줄 것처럼 잘 한다. 틈만 나면 전화하고 문자한다. 하지만 시간이 지날수록 그런 것들은 뜸해진다.

나는 남자 친구가 연락이 없을 땐 오히려 훨씬 재미있게 논다. 그리고 카카오톡이나 각종 SNS에 당당하게 다른 사람들과 어울리는 사진들을 올리면 남자 친구가 보고 연락한다.

여자와 남자는 뇌 구조가 다르다. 아무래도 여자가 디테일하거나 집착하는 성향이 더 뛰어나다고 한다. 그래서 남편들이 아내가 바가지를 긁는다고 불평하나?

분명한 것은 자신의 애인을 새장에 가둬 두기보다는 그냥 풀어놓아도 된다는 것이다. 사랑인지 집착인지 스스로 잘 알아야 한다. 내 옆에 있을 사람은 무슨 일이 있어도 떠나지 않는다. 하지만 갈 사람은 간다. 간다면 내 사람이 아니라고 보면 된다.

사귀다가 헤어지면 남자들은 물질적인 것보다 그 여자 친구가 나를 어떻게 대했는지가 더 선명하게 기억에 남는다는 이야길 들었다.

나도 그렇다. 평소 잘 지내다가도 어느 날 문득 그 사람의 따뜻한 말이나 행동이 떠오를 때가 있다. 그 시절엔 '내가 잘 살았었구나' 하고 마음이 따뜻해진다.

나처럼 덩치가 큰 여성들은 뚱뚱하니까 데이트할 때 옷에 관심이 없을까?

절대 아니다.

다른 여성들보다 부족하다고 생각되기 때문에 더 꾸미고 싶어 하고, 더 신경을 많이 쓰는 게 바로 데이트 룩이다.

어차피 내 덩치는 어느 누가 보아도 뚱뚱하다. 아무리 가리고 가려도 그건 숨길 수 없는 사실이다. 상대방보다 많이 부족한 것 같아 보이는 그 마음 때문에 자꾸 가리고 싶어 하는 것이다.

덩치가 큰 사람들은 검정색 옷을 입든 무지개 색을 입든 어쩔 수 없이 뚱뚱한 티가 나게 마련이다. 포인트는 얼마나 어떻게 깔끔하고 센스 있게 잘 입느냐, 이게 관건이다.

나와 비슷한 분들에게 부탁 하나 하자면 검정색은 안 입었으면 좋겠다.

어릴 땐 검은색 옷을 입으면 반 친구들이 흑곰이라고 놀리

세상 모두에게 사랑받을 필요는 없다

고, 하얀색 옷을 입으면 백곰이라고 놀렸다. 어차피 돼지라고 놀림 받을 거라면 '옷 잘 입는 돼지'가 됐으면 좋겠다.

덩치가 있는 여성분들은 긴치마보다는 짧은 치마를 입는 게 다리도 길어 보이고 더 날씬해 보인다. 바지는 허벅지가 더 도드라져 오히려 뚱뚱해 보일 수 있다.

개인적으로 나는 엉덩이가 콤플렉스여서 바지는 되도록 피하고 치마를 자주 입는다. 엉덩이 사이즈를 맞추면 허리가 크고, 허리에 맞추면 엉덩이가 안 들어간다. 이런 몸이어도 난 좌절하지 않는다.

뚱뚱한 여자에게 그 옷 어디서 샀냐고 물을 일은 흔치 않다. 아니, 거의 없다.

그런 곰 같은 나에게 언젠가부터 옷을 입고 텔레비전에 나오면 그 옷 어디서 산 것이냐는 문의가 많이 들어온다.

이렇게 된 데는 이유가 있다. 난 내 자신에게 공을 들인다.

치마 하나를 골라도 내 체형에 맞고 어울리는 것으로 신중하게 골라 입는다.

어차피 누가 봐도 뚱뚱한 몸이라면 내가 입고 싶고 조금 더 예뻐 보이는 옷을 깔끔하게 입는 게 제일 좋다. 체형을 굳이 가리려고 하지 않고 자신감 있고 당당하게 다양한 패션을 소화해보겠다는 마음가짐으로.

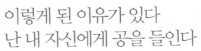

이렇게 된 이유가 있다
난 내 자신에게 공을 들인다

그런 나의 당당한 모습을 보고 시청자들이 내가 입고 있는
옷에 많은 관심을 보이는 게 아닐까.

어느 날부턴가 방송에 입고 나온 옷들이 어디 것인지, 가격
은 얼마나 되는지 묻는 시청자가 많아졌다. 개그맨 선배나
동료가 종종 나에게 '완판녀'라고 장난삼아 놀리는데 기분은
좋다. 내가 나의 뚱뚱함을 더 드러내니까 많은 분들이 좋아
해주시는 것 같아서.
내 남자와 오래도록 예쁜 사랑을 하고 싶다면 내일부터는
예쁜 옷을 잘 갖춰 입은 다음 당당하게 웃길. 예쁜 옷을 입
고 자신을 향해 활짝 웃고 있는 여자 친구는 누구보다 예쁠
테니까.

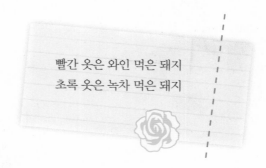

빨간 옷은 와인 먹은 돼지
초록 옷은 녹차 먹은 돼지

나는 남자 친구보다 덩치가 컸다. 그래서 남자 친구 앞에만
서면 자신이 없었다. 뚱뚱하다는 사실에 늘 기죽어 있었다.
그 친구는 내가 무슨 사이즈를 입는지, 몇 킬로그램 나가는
지도 신경 안 썼는데 나 혼자 찔려서 전전긍긍했다. 만약 같
이 옷을 사러 가면 온통 이 걱정뿐이었다.
'아, 얘보다 내 사이즈가 큰데 어떡하지?'
그러지 말았어야 했다. 처음부터 그냥 내가 솔직하게 마음
을 다 열고 만났더라면 훨씬 더 가까워지고 편안했을 텐데.
난 계속 감추기에만 급급했다. 같이 쇼핑을 하면서도 "아
냐, 아냐 됐어" 하고 옷은 사지 않았다.
나를 정말 좋아하는 사람을 만나면 그럴 필요가 없다는 걸
이 친구를 만나고 나서 깨달았다.

어느 날 보쌈집에 가서 밥을 먹는 중이었다.
그 식당의 이모가 날 알아봤다.

**" 어머, 국주 씨 너무 반가워요. 그런데 실물로
보면 그렇게 안 큰데 텔레비전에서는 왜 그렇게
뚱뚱하게 나와요? "**

세상 모두에게 사랑받을 필요는 없다

쥐구멍이라도 들어가고 싶었다. 뚱뚱한 건 아는데 대놓고 얘기하면 더 기분 나쁘다.

바로 옆에 있는 남자 친구에게 고개가 돌아가지 않았다. 목은 깁스 한 것처럼 움직이지 못했고, 눈앞은 칠흑 같은 어둠이 내려왔다. 여긴 어디인가. 난 누구인가.

곧바로 남자 친구의 화난 음성이 들렸다.

" 왜 그런 말을 하세요?
그런 말은 실례 아닌가요? "

남자 친구가 했던 수많은 말 중 잔뜩 화가 나서 한 그 말을 난 절대 잊을 수가 없다.

누가 봐도 내 몸이 뚱뚱한 것은 사실인데, 그걸 은근슬쩍 감추려고만 했던 내가 얼마나 바보 같았는지.

나란 여자, 여태껏 남자 친구 앞에서 눈 가리고 아웅 했구나.

'이 친구에게 난 왜 솔직하지 못하고, 마음을 닫고 있었을까?'

예전엔 어떻게든 두꺼운 팔을 가리려고 무조건 긴 팔, 아니면 펑퍼짐한 옷만 입었는데, 나를 있는 그대로 받아들이고 자신감을 갖게 되니까 더 이상 숨길 필요가 없었다.

솔직한 내 모습에 주위 사람들도 더 좋아하고, 모르는 사람들도 더 찾고 따르기 시작했다.

자기 자신을 받아들인다는 것은 절대 쉽지 않다. 나도 정말 많은 시행착오를 겪었다.

그 친구는 나란 사람을 진심으로 좋아해주었다. 내가 조금만 더 마음을 열었더라면 우린 아직까지도 잘 만나고 있지 않았을까?

내 생에 첫 연애는 참 좋은 사람을 만나서 행복한 그림을 그릴 수 있었다.

나의 첫 연애.

덜 익은 풋사과 같았지만 처음이었기 때문에 매 순간순간마다 톡 쏘는 청량감을 안겨줬다.

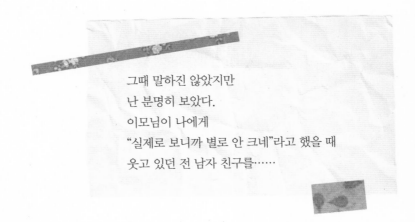

그때 말하진 않았지만
난 분명히 보았다.
이모님이 나에게
"실제로 보니까 별로 안 크네"라고 했을 때
웃고 있던 전 남자 친구를……

세상 모두에게 사랑받을 필요는 없다

전에 시청자들의 연애 고민에 대해 조언을 해주는 방송을 했다.

정말 많은 사람들이 연애에 대한 고민이 많았다. 미남이든 추녀든 전혀 상관없이 모두 고민 중이었다. 연애 경험이 많진 않지만 조언을 해줄 수 있는 이유는 정말 많이 차여봤기 때문이다. 적어도 이 사람이 나를 좋아한다, 안 좋아한다는 알 수 있다.

다른 것은 둘째치고 이런 연애는 하지 말았으면 좋겠다.

한 번 바람피운 남자는 여자 친구에게 아무리 울고불고 매달리며 용서를 구해도 나중에 꼭 다시 바람을 피운다. 절대 잊지 말아야 한다. 바람 피운 남자들은 100명이면 100명 모두가 그 바람이라는 것 때문에 결국 여자와 헤어진다.

언젠가 애인이 있는 남자가 내 친구에게 사귀고 싶다고 고백한 적이 있

었다. 그러면 안 되었지만 친구도 남자가 너무 좋아하면서 잘해주니까 결국 마음이 넘어갔다. 그렇게 둘은 연인 사이가 되었다.

하지만 누가 봐도 그 남자는 내 친구와 바람을 피운 나쁜 남자일 뿐이다. 그 남자는 내 친구와 사귄 지 얼마 못 가 또 다른 여자와 바람이 나서 두 사람은 결국은 헤어졌다.

친구에게는 상처만 남았다. 이런 남자나 여자

는 어쩔 수 없다. 한 사람으로는 만족하지 못하는 성향을 가진 나쁜 사람이다.

7년지기 친구가 있는데, 남자 친구가 바람을 피워서 헤어졌다. 다른 날도 아니고 성탄절 날 들켰다. 남자는 이런 큰 이벤트 날에 두 명을 만나야 하니까 아무래도 들통나기가 쉬웠다. 크리스마스 이브인 12월 24일엔 내 친구랑 만나서 데이트를 하고, 크리스마스 당일엔 다른 여자 친구와 보내다 들킨 것이다.

주위에서는 모두 헤어지라고 난리를 쳤다. 그 남자는 안쓰러울 정도로 싹싹 빌었다. 그 모습을 보면 다시는 안 그럴 것 같았다.

결국 둘은 다시 만났다. 미친 듯 말렸던 우리들만 새가 된 셈이다. 친구가 너무 좋다고 하니까 그냥 잘 만나라고 지켜보기만 했다.

하지만 그 남자는 다시 바람을 피우고 친구를 떠났다.

둘이 만나는 동안 내 친구는 우리한테도 너무 못해서 동성 친구들까지 잃었다. 여자들은 사랑을 하면 가족과 친구에게 소홀하고 오직 남자한테만 올인하는 성향이 강하다. 지나치게 그러는 건 아니라고 생각한다. 남자가 자신을 버리고 떠났을 때 주위를 돌아보면 아무도 없을 수도 있다.

세상 모두에게 사랑받을 필요는 없다

내 남자 친구가, 내 여자 친구가 바람피운다?
연락주세요.
제가 다리몽둥이를.   아오
010-4041-0000
한 건당 육회 한 접시.

데이트할 때 가장 싫었던 게 하나 있다.

바로 카카오톡을 눈과 손에서 놓지 않는 남자 친구의 모습. 길 가다가도 커피숍에 가도 카카오톡을 손에서 놓지 않고, 단둘이 밥을 먹으면서도 영화를 보면서도 카카오톡만 하는 모습이 너무 싫었다. 시간이 지날수록 더하면 더했지, 줄어들지 않았다. 이것 때문에 남자 친구와 정말 많이 싸웠다.

지금 와서 생각해보면 그 친구는 나한테 흥미가 없었던 것이다.

함께 있는데도 계속 다른 친구들과 카카오톡을 하는 이유는 나랑 있는 게 행복하지 않아서였다. 나랑 있는 시간이 좋았다면, 나랑 대화하는 게 더 즐거웠으면 그러지 않았을 테니까.

언젠가부터 이것 때문에 남자 친구와 싸우진 않았다. 다만 '아, 지금 나랑 있는 게 안 즐겁나?' 생각이 들어서 남자 친구를 더 재밌게 해주려고

노력했다. 만약 '너 지금 뭐하는 거야? 나랑 있는데, 걔가
중요해? 내가 중요해?' 이랬으면 둘 사이는 갈등의 폭만 넓
어졌을 것이다.

여자든 남자든 서로 조금만 더 배려하고 생각해준다면 큰 싸
움은 줄일 수 있다. 솔직히 지금 만나고 있는 애인과 다투었
어도 몇 시간 안 돼서 다시 보고 싶고 그리운 건 사실이니까.
하루하루가 찰나같이 지나가버리는데 동물의 왕국처럼 틈
만 나면 서로 으르렁대지 말았으면 좋겠다. 어차피 오늘 싸
워도 내일이면 다시 좋아서 만날 사이니까 사전에 다툼을
예방하는 게 좋지 않을까.

스무 살 때로 거슬러 올라가 보면 간단하다. 스무 살 남자는
여자 친구보다 어릴 적 친구들과 어울리는 게 재밌고 좋을
때다. 물론 여자 친구는 너무 등한시하고 친구들만 찾다가
결국 차인 남자도 여럿 봤다.

이 대목에서 우리는 깨달아야 한다. 남자는 상대방이 잘해
줄수록 자꾸 딴 생각을 하게 된다. 있을 때 잘해야지, 소 잃
고 외양간 고쳐봤자 정말 아무 소용없다. 한번 떠나면 다시
되돌리기 힘든 게 바로 '여자'다.

친구와의 약속을 좋아하는 내 남자 친구라면 어느 정도는 풀
어줘야 결국 나에게로 돌아온다. 그게 바로 남자다. 남자 친

구가 다른 이성을 만나는 게 아니라 동성 친구들과 어울리는 거니까 그 부분에서는 스트레스 받지 말았으면 좋겠다. 차라리 그 시간에 즐길 수 있는 나만의 시간을 보내면 된다.

남자 친구를 만나면서 집착할까 봐 나는 내 연차엔 절대 할 수 없는 리포터 일까지도 한 적이 있다. 지하 9층 지하철 공사현장에 내려가 얼굴에 염산을 맞으면서까지 일했다. 남자 친구가 놀러간 그 시간, 온갖 나쁜 상상이 머릿속을 채우는 것을 견디지 못해 일부러 일을 하러 나갔다. 일을 하고 있으면 전화도 못하고 문자도 못하는 상황이 되니까 스스로 나를 차단시킨 것이다.

일을 시작하고 나서 8년 동안 통장에 한 번도 돈을 모으지 못했는데, 딱 그때 만났던 남자 친구 덕분(?)에 6개월 동안 3000만 원을 모았다. 그 자금으로 쇼핑몰을 낼 수 있었다.

어떻게 보면 남자 친구와 오랫동안 잘 지내고 싶은 마음이 컸기 때문에 싸우지 않았던 것 같다. 여자는 남자와 달라서 남자 친구가 생기면 그 남자한테 모든 걸 다 맡기고 기대고 싶어 하는 본능이 있다. 보호받고 싶으니까.

사귀다 보면 초반엔 차갑던 여자도 이 남자 아니면 난 죽겠다는 비련의 여주인공으로 변한다. 남자들은 여자의 이런 여린 마음을 조금은 이해해줬으면 좋겠다.

서른이 되니까 누나보다는 동생이 되고 싶어졌다.
주위에 인연 끊어도 되는 오빠 있으면 소개 좀 부탁드립니다.
010-4041-0000
한 건당 이국주 사인 드림
※ 불법 복제 가능 ※

—

" 서로 연락은 하지만 바쁘다며 못 만나는 남자,
날 사랑하나요? "

여성들에게 많이 받는 연애 상담이다.

대부분의 남자들은 매일매일 일을 하며 살아간다. 사랑하는 연인을 위해, 그리고 사랑하는 가족을 위해 돈을 벌어야 하니까. 때문에 쉬는 날엔 나가기도 귀찮고, 가만히 좀 쉬고 싶은 건 사실이다.

나 역시 직업 특성상 밤낮없이 일해서 친한 친구들 얼굴을 자주 보기는 힘들다. 요즘엔 여성들도 워커 홀릭인 분들이 많아서 결혼 시기도 점점 늦어지는 추세다.

사랑하는 사람이 있다면 여기서 눈여겨봐야 할 것이 하나

세상 모두에게 사랑받을 필요는 없다

있다.

'사랑'하는 사람이 있다면 어떻게든 시간을 쪼개서라도 만난다. 그냥 통화만 하거나 문자만 주고받지 않는다. 물론 사람인지라 체력이 안 받쳐줄 수도 있고, 매일 그럴 순 없다.

아무리 바빠도 하루에 한 번은 연락하게 되는 게 '내 사람'한테 하는 행동이고, 일주일에 하루 아주 잠깐이라도 보려고 노력하는 게 '내 사람'한테 하는 행동이다.

그냥 연락만 오는 남자라면 또는 여자라면 그 사람의 연락을 내가 먼저 끊는 게 좋다. 그 사람에겐 직접 만나고 싶은 사람은 따로 있을 테니까. 이 부분에 대해서 고민하는 여성들을 많이 봐왔다.

물론 세상 모든 남자는 바쁘다. 그렇지만 내 여자와의 시간만큼은 잠깐이라도 따로 내는 사람이 '지금 사랑을 하고 있는 남자'다. 나 역시 매일 하루에 세 시간밖에 못 자지만 보고 싶은 사람은 어떻게든 본다. 아주 잠깐일지라도. 마음의 치유가 되고 에너지를 얻는 시간이니까.

'사랑'은 나의 단점과 열등감을 다른 시선으로 바라보게끔 해주는 능력을 가지고 있고, 내가 가진 단점을 장점으로 승화시켜주기까지 한다.

내 주위의 100명 모두 나를 싫어한다 해도 단 한 명이라도 나를 믿어주고 응원해주는 누군가가 있다면 세상은 살 만하다. 자신을 괴롭히면서까지 모두에게 사랑받으려고 너무 애쓸 필요 없다.

사랑의 언어는 모두 다르다.

외계어로 표현하는 이도 있을 것이고, 말하지 않아도 행동으로 사랑을 표현하는 이도 있을 것이다. 정말 저마다 갖고 있는 성향대로 다르게 주고받는다.

정답은 없다. 상대방이 느낄 수 있을 정도로 표현하는 건 '연인' 사이라면 기본 원칙이다.

결국 자신의 모습을 있는 그대로 받아들이고 사랑하는 여자로 변신해야 한다.

예전보다 많은 분들이 나를 좋아하게 된 것은 우연이 아니다. 나의 단점을 인정하고 사랑하고 나니까 더 많은 사랑을 받게 되었다.

스스로를 사랑할 줄 아는 사람만큼 매력적인 존재는 없다.

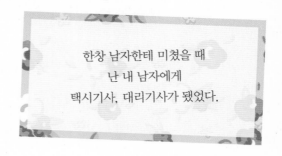

한창 남자한테 미쳤을 때
난 내 남자에게
택시기사, 대리기사가 됐었다.

세상 모두에게 사랑받을 필요는 없다

'연애'는
일방통행이 아니다
두 사람에게만 유일하게
길이 뚫린 사이가
바로 '연애'다

연관

I

어릴 때부터 나는 그림을 아주 좋아하는, 그림 그리는 아이
였다.
초등학교 6학년 때부터 7년 동안 입시학원에 다니면서 그
림을 배웠다. 10년 넘게.
이 사실을 아는 지인들은 내게 묻는다.
"그림을 포기하고 개그우먼이 된 것이 후회되지 않냐.
너 원래 그림이 전공이었던데 아깝지 않냐"라고.
솔직히 말하면 아깝다고 생각한 적 단 한 번도 없었다.
방송에 나와서 성대모사를 할 때도 세심한 관찰력이 필요한
데 미술 공부 했던 것이 확실히 도움이 된다.

누군가를 패러디해야 될 땐 직접 시장에 가서 천을 떼다가 디자인한다.
어릴 때부터 배운 미적 감각이 없었으면 못했을 것 같다.
지금은 개그우먼으로 살아가고 있지만 나의 밑거름은 미술이었기 때문에 나를 한층 더 돋보이게 하는 것이 가능하다.
나에게 고맙다. 어린 시절을 헛되이 보내지 않아서.
어렸을 때의 내 꿈은 의상 디자이너였다. 그 꿈은 아직도 진행 중이다.
그래서 쇼핑몰을 생각했다. 어쨌든 난 덩치가 큰데 마음에 드는 옷을 입고 싶은 대로 편하게 사 입을 수가 없으니까.

신인 때였다. 뚱뚱한 캐릭터로 뽑혀서 돼지 이미지로 활동하는 개그우먼이 나였다.
하루는 코디 언니가 이런 말을 했다.

" 국주야, 살 좀 빼! 옷이 하나도 안 맞잖아. "

그냥 말한 것도 아니고 짜증을 내면서 말했다.
아니, 내 캐릭터가 돼지인데 옷이 안 맞는다고 살을 빼라고? 본인이 가져온 옷을 내가 못 입는 게 그렇게 화가 나나? TV에 나오는 내 캐릭터는 생각을 하고 가지고 오는 것인지, 이 사람이 과연 프로가 맞나 의심이 될 정도였다.
그 말을 들은 뒤 촬영할 때마다 스트레스가 날로 커져갔다.

세상 모두에게 사랑받을 필요는 없다

내 본분마저 혼란스러울 정도로 기가 죽고 작아지는 느낌이
들었다.
'내가 계속 이러다가는 제대로 방송 못하겠다' 싶어서 코디
언니를 불렀다.

" 언니, 제 옷은 그냥 제가 혼자 구해볼게요. "

당장 돈도 없으면서 그놈의 자존심 때문에. 자존심이 구겨지
는 것을 더는 견딜 수 없었다. 무슨 일을 하든지 자신감이 없
으면 70을 보여줄 수 있는 것도 30 정도만 보여주게 되니까.
없는 돈을 탈탈 털어서 어떻게든 내 의상은 내가 마련했다.
여기저기 쇼핑몰을 직접 찾아 다녔고, 인터넷 쇼핑도 미친
듯이 했다.

무대에 서는 건 나다. 남이 대신 해주지 않는다.
다른 사람들은 아무도 모를 게 아닌가. 이국주가 몸에 맞지
도 않는 찢어진 옷을 입고 나와서 불편하게 연기하는 걸로
보이겠지. 연기도 중요하지만 사람들은 시각적인 것을 가장
먼저 보니까.
개그우먼이라는 직업상 비주얼은 큰 부분을 차지하기 때문
에 사람들이 나에게 아주 사소한 편견이라도 갖는 것이 싫

었다.

그렇게 나 홀로 발품을 팔아 코디를 한 지 10년이 흘렀다.

그러던 어느 날 한 통의 전화가 왔다.

"이국주 씨 맞으시죠? 저희 쇼핑몰 옷 입고 방송 나오셨던데 그 옷 입은 사진 좀 저희가 써도 될까요?"

10년째 옷을 구매했던 인터넷 쇼핑몰에서 걸려온 전화였다. 내 사진을 드리면 나에겐 어떻게 해주실 거냐고 물어봤다. 뭔가 복잡한 서류를 얘기하면서 옷 협찬을 해줄 건데 그 옷을 입고 나면 반납을 하고 어쩌고저쩌고.

10년 동안 이 쇼핑몰에만 쓴 돈은 대략 800만 원 정도였다. 그 쇼핑몰은 이렇게 오랫동안 많은 옷을 산 사람이 나라는 걸 알고 있었다. 그동안 단 한 번도 그 어떤 얘기도 안 하다가 사람들이 내가 방송에 입고 나온 옷을 찾으니까 내 사진이 필요하다는 것이었다. 순간 마음이 상했다.

이건 마치 내가 연인과 맛있게 삼겹살을 먹고 있는데 갑자기 이별 통보를 받은 것만큼 속상했다. 없는 돈으로 매번 구매한 그 옷들을 방송에 수없이 입고 나왔는데, 이제 자신들의 필요에 의해 연락을 해온 그들이 괘씸했다.

지금 생각해보면 그 쇼핑몰이 나를 속상하게 만들어준 것이 참 고맙다. 그 전화를 받고 마음먹게 된 일이 생겼으니.

세상 모두에게 사랑받을 필요는 없다

'어차피 내가 평생 사 입어야 하는 옷, 쇼핑몰을 차려서 나와 비슷한 사람들에게 도움을 줘야겠다.'

쇼핑몰을 차리게 된 이유는 이렇게 시작됐다.

사람 일은 원래 마음먹은 대로 되지 않는다 했던가. 처음에는 마이너스를 향해 달려갔다. 뭘 해도 계속 마이너스의 구렁에 빠졌다.

당연한 일이었다. 한 번도 해보지 않았던 개인 사업이었고, 난 그저 개그우먼을 꿈꾸는 사람이었으니까.

다행인 것은 이렇게 힘들 때 어릴 적 배워둔 미술 전공이 빛을 발했다. 포토샵을 배웠기 때문에 사진 편집은 전부 직접 했고, 코디도 물론 내가 다 했다. 직접 사진도 찍고 모델도 내가 했다. 금액을 정말 많이 절약했다. 안 그래도 적자인데 만약 미술 전공을 안 했고 시각 디자인과를 안 갔으면 아마 굉장한 마이너스의 구렁에 빠졌을 것 같다. 그렇게 고생하다 보니 사람들이 알아주기 시작했다.

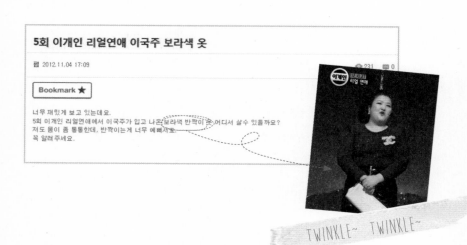

5회 이개인 리얼연애 이국주 보라색 옷

2012.11.04 17:09

Bookmark ★

너무 재밌게 보고 있는데요.
5회 이개인 리얼연애에서 이국주가 입고 나온 보라색 반짝이 옷, 어디서 살 수 있을까요?
저도 몸이 좀 통통한데, 반짝이는게 너무 예뻐져요.
꼭 알려주세요.

TWINKLE~ TWINKLE~

〈코미디빅리그〉 게시판에 글이 올라올 때마다 너무 신났다. 나와 공감하는 여성들이 예쁜 옷을 함께 입는 게 바로 나의 행복이니까.

사람들은 나란 사람을 어떻게 생각할까?
쇼핑몰을 열심히 해서 만약 잘되면 "이국주가 이런 것도 해?", "이국주가 패션 쪽에 감각이 있다고?" 하며 의외의 모습이라고 할 것이다.
만약 잘 안 되더라도 사업이 망한 것으로도 에피소드를 만들어 사람들에게 웃음을 줄 수 있다. 이 사업이 망해도 사람들에게 웃음만 줄 수 있다면 나에게는 도움이 되는 것 아닌가.

한번은 이런 적이 있다.
수영복 입고 찍은 사진을 쇼핑몰 사이트에 올렸다. 뚱뚱해도 비키니도 입고 싶고 수영장도 가고 싶고 바다도 가고 싶다. 그 심정을 잘 아니까 나와 비슷한 체형의 여성들에게 예쁜 수영복도 권해주고 싶었다.
그리고 내 쇼핑몰인데 내가 벗고 찍든 뭘 하든 뭐라 할 사람이 없으니 이토록 좋은 기회가 어디 있나.
이게 무슨 일인지. 수영복을 입고 올린 바로 그날 여기저기

서 기사가 났다.

사실 주위에서 반응이 있을 거라곤 예상도 못했다. 그 날 쇼핑몰엔 엄청난 사람들이 다녀갔다. 다른 수영복 쇼핑몰처럼 속살을 많이 공개한 것도 아니고 그냥 살짝 보인 거였는데 사람들에겐 그게 파격적이었나 보다. 문제의 그 비키니 사진이다.

사람들의 반응은 가지각색이었다.

뚱뚱해도 비키니 입고 싶어졌다며 수영복을 구매했다.

그렇게 뿌듯할 수가 없었다.

자신의 여자 친구가 덩치가 크다고 불만인 남성 분들은 불평할 게 아니라 따뜻하게 안아주었으면 좋겠다. 외모로 사랑하는 건 기간이 한정되어 있다. 하지만 꿈이 있는 사람을 사랑하면 후회되는 일은 평생 없을 테니까.

피팅 모델을 하기 위해서는 전날 꼭 치러야 하는 거사가 있다.

빅 사이즈 모델에 맞추기 위해 떡볶이와 케이크와 라면을 아주 배불리 먹어줘야 한다는 것.

남들은 피팅 모델 전날 금식하는데 나는 어지러울 정도로 먹으며 준비한다. 완판녀를 꿈꾸며.

세상 모두에게 사랑받을 필요는 없다

난 먹기 싫다.

캐릭터 때문에 억지로 먹는 것이다.

정말로!

먹기 싫다. 라면에 밥 말아 먹기 싫다.

콜라? 리필하기 싫다.

짜장면? 곱빼기 시키기 싫다.

서비스로 군만두 달라고 하기 싫다.

이것은 모두 캐릭터 때문이다.

―

어렸을 때부터 옷에 굉장히 관심이 많았다.

덩치가 산만 하니까 옷을 사 입기 쉽지 않았다. 어떻게든 옷 이외에 다른 무엇으로라도 꾸며야겠다는 욕구가 강했다. 밖에서 파는 예쁜 옷들이 모두 나를 반기지 않으니까. 아무리 옷이 날개라지만 옷이 안 맞으면 다른 걸로라도 나를 표현해야지.

그래서 찾아냈다. 화장과 액세서리.

그림 그리는 것을 좋아하다 보니 둥근 얼굴에 그림 그리듯 화장하는 게 너무 재밌었다. 10대 후반인 그 당시에는 화장

매일 나와 함께 다니는 화장품 파우치

고기 불판에 걸어둔 나의 아가들

세상 모두에게 사랑받을 필요는 없다

품이 저렴하지 않았다. 지금은 질은 좋으면서 값은 저렴한 화장품들도 많이 나왔지만. 아무튼 어릴 땐 화장품 하나 갖기가 쉽지 않았다. 비싼데 돈은 없으니까.

그렇다고 포기할 내가 아니지. 패션잡지를 사면 화장품이 부록으로 나오는데 그걸로 화장품을 모으기 시작했다. 잡지 한 권은 몇천 원이면 샀으니까. 잡지 한 권에 비해 화장품 샘플은 생각보다 많이 줬고, 좋은 브랜드의 것들이 많았다. 하나씩 모아서 화장을 연습했다. 미술을 좋아해서 색조 화장을 몇 번 하다 보니 나름 잘했다. 일반 대학생들은 잘 하지 않는 '속눈썹' 붙이는 재미에도 푹 빠졌다. 속눈썹을 붙인 것과 안 붙인 것이 얼마나 차이가 많이 나는지 남자들은 잘 모를 것이다. 난 그 차이를 확실하게 느꼈고 중독성은 강했다. 이제는 심지어 집 앞 슈퍼만 가도 다른 화장은 안 하더라도 속눈썹은 붙이고 간다.

속눈썹은 붙일 때 스킬이 굉장히 중요하다. 초반에 붙이는 솜씨가 미숙할 때는 방송 중에 재채기하다가 떨어진 적도 있다. 주위에서 나의 길고 풍성한 속눈썹을 보고 언제 이렇게 빨리 숍을 다녀왔냐고 묻는데, 방법은 하나다. 무조건 많이 해보면 된다. 노력하는 자를 따라올 수 있는 사람은 없으니까.

속눈썹만 10년을 붙이고 산 지금은 아침에 일어나 감만 믿고 속눈썹을 갖다 대면 자동으로 내 눈두덩이에 가서 척 달라붙는다. 물론 이렇게 되기까지는 노력과 관심이 필요하다. 아주 많이.

어렸을 때 제일 좋아하는 그림은 회화나 추상적인 것 말고 실물과 똑같이 그리는 것이었다. 시간이 오래 걸리는 풍경화라든가 아니면 포스터 디자인.
생각해보니 뭔가 집요하게 고도의 집중력을 발휘하는 걸 좋아했던 것 같다. 그 자리에 앉아서 몇 시간이고 며칠이고 한 그림을 완성시키는 게 좋았다.

고등학생 때 그린 그림들

세상 모두에게 사랑받을 필요는 없다

누구나 각자 이루고 싶은 꿈이 있다. 그 꿈을 이룬 사람도 있을 것이고, 그 꿈을 향해 나아가는 사람도 있을 것이다.
누가 먼저 발돋움 했는지 이것만으로 '성공했다, 성공하지 못했다'를 가늠하는 건 어리석다.
꿈을 이루기에 나이는 중요하지 않다. 꿈을 향한 내 마음만 절실하다면 어떤 길을 가든 계속 연관 된다.
어릴 적 꿈을 난 아직 버리지 않았다.

그림을 잘 그려서 그런가.
개그우먼이 된 지금
그 어떤 누구보다
얼굴에 콧물 구레나룻 수염을 잘 그린다.

실패는
다시 시작할수 있는
기회다
나의 사소한
모든 행동은
이루고자 하는 꿈과
늘 '연고' 되고 있다

연관

II

눈빛에도 표정이 있다.

눈빛만 보아도 그 사람의 마음을 알 수 있다. 그래서 그런가.

가끔 속상할 때나 외로울 때 누군가 내 눈을 보면 다 들키고

만다. 싫진 않다. 가식적인 걸 못한다는 뜻이기도 하니까.

누군가를 너무 좋아해서 우상이 있다면 그 사람과 나를 연

관 지어서 얘기해보자.

나에게 도움이 되는 순간이 온다.

중고등학교 때 보아를 너무 좋아했다. 그녀의 모든 춤과 노

래를 다 꿰고 있었다. 매일 보아를 바라보며 따라 했다. 언

젠간 보아처럼 되고 싶은 심정으로.

알고 보니 보아랑 나랑 동갑인 게 아닌가! 그 사실만으로도 너무 행복했다. 누군가 나에게 나이를 물어보면 이렇게 말하고 다녔다.

❝ 나? 보아랑 동갑이잖아. ❞

친구들과 선생님의 반응은 "보아는 예쁜데 넌 왜 그러냐? 동갑인데 왜 그렇게 다르냐?"며 놀려댔지만, 그래도 보아가 너무 좋았다. "저 보아랑 동갑이에요"라고 말하고 다녔다. 이렇게 연관을 지으면 뭔가 한층 더 가까운 느낌이다. 내가 좋아하는 가수와.

"보아님, 나 무지 팬인데, 이해해줄 거죠?"

보아의 〈허리케인 비너스〉
내가 하면 부아 허리 큰 비만스

세상 모두에게 사랑받을 필요는 없다

—

사실 남자를 많이 만나보지 못한 것이 지금 와서 많이 후회된다.

아무나 막 만나서 실컷 놀아볼 걸 하는 심리가 아니다. 살아가는 데 있어서 많이 만나보고 차여보고 마음에 안 들면 차보기도 하는 경험이 있는 게 정말 좋은 것임을 알게 됐기 때문이다.

사람은 연애를 해보기 전과 후는 정말 다르다. 그 경험 때문에 '연기'의 폭이 말로 설명할 수 없이 달라졌다.

초반에 개그 연기를 할 때는 손 잡거나 뽀뽀하는 연기가 너무 어색하고 싫었다.

'남자를 한 번도 사귀어보지도 못했는데, 아무리 연기라도 왜 사랑하지도 않는 남자랑 뽀뽀를 해야 되지?'란 생각으로 짜증만 났다.

'연애'를 해보니까 코미디 연기가 남들이 보기에도 훨씬 자연스러워졌고 내 마음도 편안해졌다. 시간이 흘러 이별의 아픔도 겪었다. 말로 설명하기 힘든 고통이었다. 하지만 더불어 연기할 때 나의 감수성의 폭도 훨씬 넓어졌다.

이렇게 내가 겪은 다양한 경험들은 아픔마저도 나의 삶과 꼭 연관된다.

이 이야기에 대해
한마디 꼭 하고 싶었습니다.
제가 개그 코너에서
키스를 많이 하는데
다들
"남자가 불쌍하다"
"남자가 극한 직업이다"
하시는데
키스는 모두
그 남자들이 하자고 한 거거든요~
난 하기 싫었어요!
그냥, 알아달라고요.

세상 모두에게 사랑받을 필요는 없다

연탄

연탄재 함부로 발로 차지 마라,
너는 누구에게 한 번이라도
뜨거운 사람이었느냐.

'연탄' 하면 바로 안도현의 시가 가장 먼저 떠오른다.
타들어가듯 내 속을 뜨겁게 태운 사람도 떠오른다.
옆에서 언제나 많은 이야기를 해주는 따뜻한 사람도 떠오른
다. 바로 개그맨 변기수. 개그맨이라서 말을 많이 하는 거
아니냐고 하겠지만, 그렇지 않다.
TV에 나와서 시청자들을 웃기는 사람들 중 일상생활에서

도 말이 많거나 남 웃기는 것에 치중하는 사람은 별로 없다. 나도 TV에서는 항상 목소리 톤이 높지만 실제로는 나긋나긋하게 말하기도 하고, 나름 차분할 때도 많……은가?
뭐 아무튼, 변기수 오빠는 사람을 막 오버해서 잘 챙긴다기보다 옆에서 계속 얘기를 많이 해주는 타입이다.

〈스타킹〉 녹화장에 처음 갔을 때다. 안 그래도 처음이라 적응이 안 돼서 살짝 긴장하고 있었다.
변기수 오빠가 옆에서 먼저 말을 걸어주면서 "국주야, 지금 상황에서는 이런 얘기를 해", "지금 얘기 나온 저거 가지고 이렇게 노래 부르면 되겠다! 한번 해봐" 하면서 설정을 다 짜준다. 그러면서 내가 설 수 있는 자리를 마련해준다.
오빠는 아이디어가 굉장히 좋은 사람이라 어떤 상황에서도 생각나는 것들이 항상 많다. 도움을 많이 받는다.
물론 나한테만 그런 건 아니다. 다른 개그맨들이 옆에 앉아 있을 때도 그렇게 도움을 준다.
본인이 나오는 것도 중요하고 신경 쓰일 텐데 그것보다도 주위에 있는 후배들에게 "지금 가서 이거 이거 해봐" 하고 알려준다. 내가 해서 재미있게 안 터진 것들도 있었지만 계속 옆에서 조언해주는 사람이 있다는 건 정말 감사한 일이다.
안영미 언니도 〈스타킹〉을 굉장히 오래했는데 뭘 해도 자

세상 모두에게 사랑받을 필요는 없다

기편을 들어주는 사람이 없었는데, 기수 오빠만큼은 "힘들었지?" 하면서 좋은 말과 위로를 많이 해줬다고 한다.

그만큼 정이 많은 이런 사람이 있기 때문에 나나 안영미 언니는 덕을 본다. 평소에 말이 센 오빠고 잔소리도 많이 하지만 후배들에게 해주는 말들이 틀린 말은 아니니까 또 잘 따르게 된다. 그냥 한마디로 연탄처럼 참 따뜻한 사람이다.

옆에서 아무리 잘해줘도 사람과 사람의 관계가 모두 잘 맞을 순 없다. 사람 관계가 다 그렇다. 하지만 나한테만큼은 10년 전의 변기수 오빠나 지금의 변기수 오빠는 한결같이 내 안에서 '연탄'으로 존재하는 사람이다.

기수 오빠는
나에게
연탄
연탄
연탄
연탄 불고기

먹고 싶다.
그냥.
그렇다고요.

때로는
상대방의
배려한 조각이
살아가는 힘이 된다~
나는
그 사람을 위해
'연탄'이 될 준비가
되었는지

행복 세 번째

연필

/

연말

\

연초

/

연예인

행운도
99%의 노력이
있어야 한다

연
필

난 그저 덩치 큰 나무였다.

사람들은 내가 커다란 나무로만 있을 때는 나를 찾지 않았지.

나는 그냥 나무가 아니라 누구나 좋아하고 찾아주는 '연필'
이 되고 싶었다.

혼자서는 절대 '연필'이 될 수 없다.

'연필'이 되기 위해 내게 '흑심'이 되어준 고마운 사람들에
관한 이야기다.

가장 먼저 생각나는 사람이 있다.

그 친구가 연애할 때부터 결혼에 골인할 때까지 나는 항상

그 곁에서 지켜봐왔다.

대학교 때 만난 친구인데 남편도 대학교 선배다. 한마디로 강의실에서 솔로들에겐 염장 지르는 CC 커플. 사귀면 누구나 그렇듯 이 커플도 포스트잇처럼 떨어졌다 붙었다를 반복했다. 이 두 사람은 부부가 되려고 그렇게 열정적으로 지지고 볶았던 것 같다. 하여튼 그 모든 과정을 매일매일 봐오니 그 덕분에 우리 둘은 각별한 사이가 됐다.

지금은 나도 바쁘지만 이 친구도 결혼하고 아이를 키우느라 정신없다 보니 서로 자주 연락을 하지는 못한다. 그렇게 우리는 각자의 삶을 열심히 살아가느라 예전보다는 자주 못 보지만 늘 지켜보고 있었다.

가끔 그 친구에게 문자가 온다.
"요즘 잘 지내? 너의 생활은 어때?"
이런 질문은 절대 보내지 않는다. 내가 궁금하지 않아서가 아니다. 바로 어제 연락을 주고받은 사람처럼 그냥 툭 던진다. 정말 친하지 않으면 나올 수 없는 멘트다.

**❝ 너, 정작 너 자신은 잘 안 챙기잖아.
밥 좀 잘 챙겨먹어. ❞**

행운도 99%의 노력이 있어야 한다

나를 너무도 잘 안다. 굳이 전화로 하소연하지 않아도 이미 나를 알고 있다.

친구는 내가 나오는 방송 프로그램은 꼭 챙겨 본다. 보다 보면 내 눈빛이 조금 다른 날이 있단다. 잠깐 스쳐가는 작은 표정 하나만 보아도 내가 힘들다는 게 친구의 눈엔 보이는 것이다.

그런 날은 친구에게서 어김없이 연락이 온다. 괜찮은 거냐고. 힘내라고.

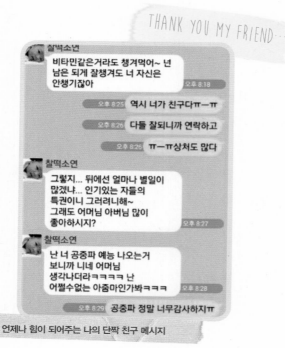

THANK YOU MY FRIEND...

> **찰떡소연**
> 비타민같은거라도 챙겨먹어~ 넌 남은 되게 잘챙겨도 너 자신은 안챙기잖아 오후 8:18
>
> 오후 8:25 역시 너가 친구다ㅠ—ㅠ
>
> 오후 8:26 다들 잘되니까 연락하고
>
> 오후 8:26 ㅠ—ㅠ상처도 많다
>
> **찰떡소연**
> 그렇지... 뒤에선 얼마나 별일이 많겠냐... 인기있는 자들의 특권이니 그러려니해~ 그래도 어머님 아버님 많이 좋아하시지? 오후 8:27
>
> **찰떡소연**
> 난 너 공중파 예능 나오는거 보니까 니네 어머님 생각나더라ㅋㅋㅋㅋ 난 어쩔수없는 아줌마인가봐ㅋㅋㅋ 오후 8:28
>
> 오후 8:29 공중파 정말 너무감사하지ㅠ

언제나 힘이 되어주는 나의 단짝 친구 메시지

어떤 친구들은 만나면 방송국 이야기를 더 많이 듣고 싶어한다. 내가 힘들다고 하면 걱정은 해주지만 방송국 내부에서 일어나는 비밀스런 일들을 더 궁금해한다.

"방송국에 뭔 일 없냐? 우리가 모르는 얘기 좀 해줘." 이런 식으로.

사실 자기 분야가 아닌 전혀 다른 곳에 누군가 있으면 궁금한 건 알겠다. 더구나 방송국은 대중들이 관심 있어 하는 스타들이 모인 곳이라 사소한 이야기도 가십 거리가 될 수 있으니까. 충분히 이해가 간다. 하지만 너무 바쁘거나 지칠 때, 그런 가벼운 질문들이 마구 쏟아지면 나도 사람인지라 버겁다. 나도 친구들과 다른 이야기를 하면서 스트레스도 풀고, 마음의 안정을 얻고 싶다.

하지만 내 친구는 나에게 방송국에 대한 질문을 한 적이 없다. 여태까지 단 한 번도.

심지어 나랑 가장 친한 친구인데도 내가 하고 있는 〈코미디 빅리그〉 공연 표 한 장 구해달라고 한 적도 없었고, 〈드립걸즈〉 공연 때도 마찬가지였다. 정작 나에게 그런 부탁을 얼마든지 해도 되는 친구인데 말이다. 친구는 자기 자신보다 나를 더 걱정한다. 내가 힘들진 않을까, 밥은 잘 먹고 다닐까. 이런 걱정을 먼저 한다.

유난스럽게 티내지 않아도 그 마음이 고스란히 전해진다.

행운도 99%의 노력이 있어야 한다

뒤에서 그냥 묵묵히 나를 지켜봐주는 친구임이.

속상한 일이 있을 때 친하지 않아도 누구든 위로의 말 한마디는 건네줄 수 있다. 하지만 가까운 사람이 잘됐을 때 진심으로 축하해주는 사람은 몇이나 있을까.
누군가 성공한 모습을 보게 됐을 때 순간적으로 질투가 나는 건 어쩔 수 없는 본능이라고 들었다. 슬픔보다 기쁨을 진심으로 함께하기란 어렵다는 것을 나도 잘 아는데 내 친구는 내가 떴을 때 가장 먼저 누구보다 많이 축하해줬다.
힘들었던 무명 시절에도 한결같이 함께해주었다. 이 친구가 없었다면 나는 연필의 형태조차 갖추지 못했을 것이다.

매일 연락하고 매일 술을 같이 먹는다고 가장 친한 사이는 아니다. 말하지 않아도 '얘가 이것 때문에 많이 힘들겠구나' 뒤에서 지켜봐주고 응원해주는 친구가 가장 좋은 친구다. 만약 이런 친구가 단 한 명이라도 있다면 정말 잘 살고 있는 중이다.
돈으로도 살 수 없는 값진 보물을 가졌으니까.

내 사람인 친구들은 아무리 오랜만에 만나도 늘 똑같다. 바로 어제 만난 것처럼.

오히려 어설프게 친한 사람들이 3, 4년 만에 갑자기 연락이
오는데 〈코미디빅리그〉 표를 달라고 하거나 결혼이나 돌잔
치 행사 등을 나에게 부탁한다. 이런 연락 받으면 기분이 참
미묘하고 서운하다.

사람마다 위로의 스타일이 모두 다르다. 말없이 행동으로
위로하는 사람도 있고, 행동보단 말 한마디로 위로하는 사
람도 있다.
내 경우엔 앞에서 나를 챙기는 사람들보다 가끔 한마디 해
주는 친구들이 정말 위로가 된다. 누군가를 걱정할 때 나도
그렇게 하는 편이다.
사실 그 사람이 너무 걱정될 때는 옆에 가서 이러쿵저러쿵

행운도 99%의 노력이 있어야 한다

말이 나오지 않는다. 그 사람이 아프면 절로 마음이 너무 아프다. 뭔가 그럴듯한 좋은 말로 위로도 못 해주겠다. 그냥 마음이 가는 대로 솔직한 표현을 하는 것이 좋다고 생각한다.

가만히 혼자 있다가 그냥 생각이 나서 먼저 연락하게 되는 친구. 누가 시키지 않아도 친구에게 필요한 뭔가 더 해주고 싶은 마음이 든다.

갑자기 떠오른 생각인데 이 친구에게 모든 아기 엄마들의 로망인 최고급 유모차를 선물해야겠다. 왠지 필요할 것 같다.

알아봤다.
유모차.
......
이렇게 비쌌구나.
휴.

—

또 다른 색의 연필로 태어나게끔 내 안의 흑심이 되어준 친구가 있다.

중학교 때부터 함께한 친구. 같은 B형 여자에 서로의 성격을 너무 잘 안다.

사랑과 이별의 아픔, 일로 받은 상처 등 나에 대해 전부 알고 있다. 아주 사소한 것들까지 모두 다. 심지어 누구와 썸을 타는지, 누굴 좋아하는지, 문자를 안 하면 무슨 일이 있어서인지 일일이 말하지 않아도 다 아는 친구다.

부부든 친구든 엄연히 남남인데 어떻게 한눈에 딱 맞겠는가. 이렇게 잘 아는 우리도 삐걱거리던 시절이 있었다.

내 성향은 이렇다.

마음이 열린 친구가 생기면 일어난 모든 일을 다 얘기한다. 정말 쉴 새 없이 전부 얘기한다.

어느 날 이 친구한테 너무 서운했다. 늘 나만 이야기하고 친구는 내 이야기를 듣기만 하고 있다는 걸 뒤늦게야 깨달았다. 화가 나서 친구에게 따졌다.

" 나는 아주 비밀까지 다 얘기하는데, 너는 왜 네 얘기를 전혀 안 하니? 너는 나를 친구로 생각

행운도 99%의 노력이 있어야 한다

하긴 하는 거니?"

그 친구의 이유는 이러했다.

" 내 얘기들을 너한테 해서 피해를 주고 싶지 않
아. 내 힘든 일들을 같이 알게 되면 네가 스트레
스 받을 것 같아. "

본인 때문에 내가 걱정하는 모습조차 싫을 정도로 착한 아
이였다.
내 얘기를 잘 들어주고 조언해주니 가장 친한 친구라고 생
각한 나는 고민을 다 털어놨고, 친구도 나를 가장 친한 친구
로 여겨 걱정을 더 했지만, 우린 서로에게 기대고 의지하는
방법이 달랐던 것이다.
친구의 성격을 알게 된 뒤 오해는 풀렸지만 힘든 일이 생기
면 내색을 안 하니까 나중에 알게 되는 상황이 종종 생겼다.
미리 알았다면 도움을 줄 수 있었을 텐데, 그래도 친구는 늘
걱정 끼치기 싫어한다.

" 아무리 내가 힘든 상황이어도 널 도와줄 수 있
어. 다른 사람도 아니고 너니까. "

방송 일이 잘 풀리지 않아 돈이 없을 때였다.

꼼꼼하지 않은 나는 기념일 같은 건 잘 기억하지 못한다. 그래서 주위 사람들의 생일을 못 챙긴다. 차라리 대놓고 "나 내일 생일이야. 선물 이거 사줘"라고 말하는 게 더 좋다. 그렇게 다툰 뒤 친구의 생일을 그냥 지나치고 싶지 않았다. 잊지 않기 위해 계속 표시해두고 있다가 선물은 뭘 해줄까 고민했다. 화장품을 사주고 싶은데 가격이 너무 비쌌다. 화장품 가게를 돌면서 매니큐어를 색상별로 샀다. 좋은 선물을 해주지 못해 미안한 마음을 안고 생일을 축하했다. 친구는 받자마자 눈물을 펑펑 흘렸다.

' 너한테 그동안 정말 무심했구나.
내 마음은 늘 너와 함께였는데. '

우정은 대단한 무언가를 해주는 게 아니다.
사소한 것에서 더 빛을 발휘한다.
시간이 갈수록 친구와의 우정은 더 빛났다.
오래될수록 더욱 귀하고 깊은 맛이 나는 와인처럼.
친구는 학창 시절 춤에 홀딱 빠진 나를 너무 잘 알았고, 옆에서 늘 응원했다.

행운도 99%의 노력이 있어야 한다

동대문 밀리오레 앞 야외 스테이지에서 했던 장기자랑 대회에 나가 춤출 때도 친구는 같이 갔다. 다른 학교를 다니는데도 빠짐없이 동행했다. 떨어져 있어도 우리는 늘 함께였다.

시간이 흘러 나는 개그우먼이 되었고, 친구도 회사를 다니고 있다.

개그우먼이 되었지만 패션 디자이너가 되고 싶었던 내 꿈에 대한 갈증은 사그라지지 않았다. 인터넷으로 패션몰을 오픈하기로 했다. 방송 일을 하니 올인 할 수도 없는 상황이었다. 누군가 믿음직스러운 사람이 필요했다. 중요한 돈 관리도 해야 되고, 사무실에 내가 없어도 믿고 맡길 수 있는 사람이 필요했다.

간절할 때 믿을 만한 단 한 사람이 이 친구였다. 당장 친구에게 전화했다. 단도직입적으로 도와달라고 말했다. 솔직하게. 쇼핑몰을 하고 싶은데, 방송 일과 병행해야 하니 네가 도와달라고.

월급은 지금 그 친구가 다니는 회사에서 받는 것보다 조금 더 주겠다고 했다. 잘되면 조금씩 올려주겠다고 했다. 솔직히 믿는 친구가 아니면 이런 말도 다 소용없다. "내가 나중에 뭐 해줄게." 이런 말 하는 사람치고 약속 지키는 사람 거의 못 봤다. 난 진심이었고 무엇보다 간절했다.

내 제안을 듣고 친구는 고민했다. 나도 한편으론 고민이었다. 친구끼리 사업하면 멀어질 수 있다고 들었다. 그러다가 아예 평생 안 보고 사는 경우도 있다고.

하지만 믿을 사람은 정말 이 친구밖에 없었다. 생각도 비슷하고 성격도 잘 맞으니까 우리의 관계를 믿어보기로 했다.
친구는 쉽지 않은 결정을 해줬다. 오랜 친구 밑에서 일하는
건 아무나 할 수 없는 일이다.

함께 쇼핑몰을 내자마자 방송 일은 더 바빠졌다.
쇼핑몰을 오픈했는데도 초반엔 사무실에 거의 가지 못했다.
방송 일로 정신없는 사이 친구는 개인사업자 등록부터 홈페
이지 만드는 것 등 중요한 일들을 다 해놓았다. 나는 디테일
에 약하고 컴퓨터도 잘 못하는 반면 친구는 프로였다.
쇼핑몰을 하면 코디도 중요하지만 고객들과의 상담이 굉장
히 중요한데 친구가 너무 잘했다. 나는 이 부분에 취약하고.
우리는 서로의 장단점을 골고루 갖고 있어서 더 잘 맞았다.
옷을 고를 때도 난 너무 튀는 옷을 좋아하고 친구는 대중의
눈으로 바라봐주었기 때문에 상품의 조율도 잘 해나갔다.

친구가 정말 대단하다고 느꼈던 날이 있다.
같이 새벽시장에 처음 나가 거래처 시장을 도는데 친구는
내게 존댓말을 했다. 지금도 사무실에서 일할 때는 항상 존
댓말 하면서 사장님이라고 한다.
친구인데 존칭을 사용하기란 쉬운 일이 아니다. 가장 친한
친구니까 더 쉽지 않다.

행운도 99%의 노력이 있어야 한다

지금은 친구 밑에 다른 직원들도 두었다. 친구는 밑에 후배들까지 일일이 다 챙기면서 쇼핑몰을 열심히 운영하고 있다. 시키지도 않았는데 회사 비용 중에 A4 용지 사는 것까지도 다 문자로 확인시켜 준다. 사소한 거라도 대충 넘어가지 않고 서로에게 신뢰를 쌓아주는 행동을 알아서 해준다. 평생 같이 가야 할 친구고, 평생 보답하고 싶은 친구다.

2014년 시상식에서 상 받으면서 이 친구에게 고마움을 전하고 싶었는데, 너무 떨려서 말하지 못한 게 마음에 걸린다. 이렇게 글로나마 친구에게 고마운 마음을 전한다.

너도 결혼해서 애 낳으면
유모차를
......
친구야, 쌍둥이는 조심하자.

솔직히 기간으로 따지면 오래 안 됐는데, 같은 방송 일을 하면서 진한 흑심이 되어준 친구가 있다. 내 인생에서 절대 빼놓을 수 없는 고맙고 소중한 친구.
바로 개그우먼 안영미와 정주리다.

1년 전으로 거슬러 올라가 〈코미디빅리그〉에서 새로 맡게 된 코너 '수상한 가정부' 회의 날이었다. 그렇게 말 많던 내가 책상 앞에 앉은 지 30분도 안 돼서 안절부절못했다.
개그맨들의 코너 회의 때는 재래시장을 방불케 하는 시끄러움과 정신없는 상황이 여기저기서 펼쳐진다. 남 눈치 잘 안 보고 늘 긍정적인 나였는데, 그런 내가 쭈뼛쭈뼛했다. 잘나가는 안영미, 정주리, 그리고 어정쩡한 나. 셋이 한 코너를 하게 됐다.
무슨 말이라도 해야 될 것 같았다. 무슨 말을 했는지 기억도 안 나고, 뭐라고 막 얘기를 했는데 무슨 말을 해도 점점 밀리는 기분이었다. 원래 개그맨들은 말이 거칠기도 하고 재미없으면 없다고 서로 의견을 자유롭게 낸다. 내 의견은 점점 안중에도 없는 듯 느껴졌고, 심장이 압박붕대로 감기는 듯 불안하고 답답했다.
'내가 이들처럼 잘할 수 있을까? 이들처럼 입담도 강해지

고, 유명해질 수 있을까? 나 때문에 이 코너를 망치는 건 아닐까?'

온갖 상상이 나를 옥죄었다.

날이 갈수록 옥죄임은 점점 심해졌다.

어느 날, 식당에서 셋이 밥을 먹고 있었다. 흔히 있는 일이지만 셋이 밖

에 있으면 누군가 알아보고 사인을 받으러 온다.

"저기…… 팬인데요, 사인 좀 부탁드릴게요."

밥 먹다가 기쁜 마음에 웃으며 고개를 들고 쳐다보았다.

테이블에 다가온 사람들의 손과 눈은 내가 아닌 안영미와 정주리에게

향해 있었다.

머쓱해진 나의 손, 그리고 어디로 가야 할지 모르겠는 내 시선.

사람들은 두 사람의 사인만 받아갔다.

내 사인을 받으러 오는 사람은 없었다.

지금 생각해보면 내가 두 사람보다 인기가 없으니까 너무나 당연한 결과였다. 나 혼자 괜한 자격지심이었다. 하지만 기가 죽었다. 이게 불과 1년 전의 일이다.

몇 달이 지나고 대중들이 조금씩 나를 알아봐주기 시작했다. 갑자기 나에 대한 관심이 증폭했다. 처음엔 신기하고 믿기지 않았다.

사람들이 나를 보며 대략 60킬로그램 정도 되어 보인다고 한다. 60킬로그램으로 살아본 건 초등학생 때다. 그 사람 심정을 알려면 그 몸무게를 경험해봐야 짐작할 수 있다. 사람들에게 몸무게를 솔직하게 얘기하면 모두들 놀란다. 그렇게 많이 나가냐고. 그들 입장에서는 나를 경험해보지 않았기 때문에 60킬로그램도 많이 나간다고 생각하는 것이다.

사람은 그 자리에 올라서 경험해봐야 비로소 그 고통을 안다고 했다.

나에게도 급작스런 시련의 시간이 왔다. 어쩔 줄 모르고 힘들어할 때 모두가 나에게 하나같이 그랬다.

"복에 겨운 소리다."

행운도 99%의 노력이 있어야 한다

모두가 이렇게 말할 때 안영미와 정주리는 이렇게 말했다.

" 너 지금 이것 때문에 힘들지? 앞으로 이런 일 저런 일 더 많아질 거야. 더 힘들 거야. 그러니까 마음 독하게 먹고 잘 이겨내야 해. "

나에 대한 관심이 커졌을 때 모든 사람들에게 난 경계의 대상이 되었다. 시기, 질투의 소리가 계속 들렸다. 믿던 사람들은 더 이상 믿으면 안 되는 사람으로 변했는데, 이 두 사람은 아니었다. 나를 진심으로 축하해주고 더 잘되라고 응원해줬다.

훨씬 이전에 본인들이 다 잘되었기 때문에 무엇이 고민이고 무엇 때문에 힘든지 너무 잘 알고 있었다. 말하지 않았는데도 고통을 이미 알고선 조언도 해준다. 말하지도 않았는데 척척 알아서 연애 조언도 해줬다.

내 살 같은 친구~

146

" 요즘 인기 많아지니까 들이대는 남자 있지? 절대 넘어
가지 마. 딱 지금 네 인기만 보고 다가오는 남자들이야. **"**

순간, 뜨끔했다.

이 말을 들었을 때 나에게는 정말 그런 남자가 세 명 있었다.

그럴 리 없겠지. 속으로는 '그래도 이 남자가 날 좋아하지 않으면 나한
테 왜 이렇게까지 잘하겠어?' 하고 그 남자들을 믿었다.

그 썸남들과는 잘되지 못했다. 진작 그녀들의 말을 들었어야 했는데. 그
남정네들의 현란한 말솜씨에 눈과 귀가 잠시 멀었다. 솔직히 친구 사이
에도 연애문제에 끼어들어 조언해주기란 쉽지 않다. 연애라는 게 어떻게
될지 모르고 당사자가 아니면 알지 못하는 것이 많기 때문에 조언하기가
어렵다. 그녀들은 내가 언젠가 상처받을 걸 예감하고 챙겨줬다.

악성 댓글로 상심에 빠져 있을 때 주리는 이런 말을 했다.

" 지금 너무 걱정하지 마. 난 너처럼 일을 마음껏 즐기지
못하고 살았어. 너는 일을 즐기면서 하잖아. 그러니까 넌
오래갈 거야. 나보다 훨씬 더 잘할 거고 잘될 거야. **"**

난 그렇게 생각한다.

사람이 힘들 때 위로하는 건 누구나 해줄 수 있다. 정말 잘되고 성공한

사람을 축하해주는 것은 진심이 아니고선 같이 기뻐할 수가
없다.

이 두 사람은 내가 인기를 얻었을 때 진심으로 걱정하고 축
하해준 사람들이다. 이들이 없었다면 지금 이 위치에 설 수
없었다.

주리가 내게 하는 말 중에 참 좋아하는 말이 있다.

**❝ 국주야, 돈 많이많이 벌어서 우리 집 냉장고에
맛있는 거 꽉꽉 채워줘. ❞**

얼마나 우정 돋는 멘트인가.

이런 예쁜 말을 하는 주리에게 소주 한 박스와 각종 맥주들,
냄비, 프라이팬도 사다주고, 달걀 한 판, 오징어, 라면들,
쌈 채소, 소면, 된장, 냉장고에 소고기와 돼지고기도 사다
주었다. 주리는 나에게 그 이상을 해준 친구니까.

주리는 내 스케줄이 바쁘다고 짜증내거나 갑자기 늘어난 내
수입에 절대 시샘 낸 적이 없다. 오히려 "더 많이 벌어. 지
금 벌어놔야 해. 나중에 힘들 때 지금 번 돈으로 살아가야
하니까"라면서 살이 되고 피가 되는 이야기들을 너무 많이
해주는, 내 살 같은 친구다.

나의 주리에게 음식 제공 중

"기쁠 때나 슬플 때나
언제 봐도 좋다.
주리야."

행운도 99%의 노력이 있어야 한다

시간으로 따지자면 주리와 보낸 1년이란 시간은 짧을 수도 있다. 하지만 이것만은 확실하다. 방송 일을 하지 않더라도 평생 위로가 되고 함께할 수 있는 사이라는 것.

오랜 기다림과 힘들게 얻은 이 위치에서 친구에게 더 잘하고 싶고 항상 돈독한 우정을 유지하고 싶었다.

하지만 세상 일이 다 내 맘 같지 않았다. 특히 방송 일을 하는 사람들은 누구나 불안을 안고 살아간다. 악플 때문에 마음고생을 심하게 할 때도 이 두 사람 앞에서 참 많이 울었다. 무엇으로도 떨쳐지지 않았던 불안을 따뜻함으로 승화시켜준 최고의 친구들이다.

무슨 일이 있어도 나를 안아주고 덮어주는 사람, 그런 귀한 사람들이 내게도 있다. 언제 받아도 기분 좋은 '선물' 같은 나의 친구들. 이들과 함께 있으면 그 어떤 음식을 먹었을 때보다 배 부르고 따뜻하다.

2013년 1월 새벽 5시, 일을 하러 나섰다.

겨울이라 그런지 더욱 스산한 느낌이었다. 매니저도 없이 직접 운전해서 강변북로를 달리는데 앞에 트럭이 어정쩡한 위치에 서 있었다. 순간 그 트럭을 피하려고 핸들을 꺾었는데 옆의 차가 나를 향해 왔다. 그 차를 피하기 위해 또다시 핸들을 꺾었다.

타고 있던 차는 길바닥이 침대인 양 옆으로 그대로 누워버렸다. 에어백이 터지고 차 유리가 박살났다. 죽는 줄 알았다. 차 안에 갇혀 꼼짝 못하고 있는데 잠시 후 119가 왔다. 경찰과 119 모두 나를 에워쌌고 정신이 혼미해졌다.

구급대원이 나를 들어 올리겠다고 괜찮겠느냐고 하는 목소리가 들렸다. 그 와중에 난 대답했다.

" 아마 저 못 드실 거예요. "

그분은 포기하지 않으시고 나를 잡아주겠다고 했다.
그래서 또 대답했다.

" 아마 저 못 잡으실 거예요. "

행운도 99%의 노력이 있어야 한다

119구급대원은 어떻게든 나를 잡아끌어 보려고 했지만 너무 힘들어 보였다. 결국 나 혼자 힘으로 차에서 기어 나왔다. 온몸을 심하게 얻어맞은 것보다 더 아픈 통증이었다.

이럴 땐 어떡해야 하는 건지 갑자기 무서움이 몰려왔다. 머릿속은 점점 창백해졌다. 졸음운전도 아니었고, 음주는 당연히 아니었는데 멀쩡히 가다가 이런 사고가 나다니. 너무 무서웠다.

그 순간 갑자기 안영미 언니가 떠올랐다. 지금 생각해도 엄마도 아니고 영미 언니가 왜 생각이 났는지 모르겠다. 그냥 아는 사이니까 인사 주고받고 말장난이나 조금 하는 정도였는데…….

다짜고짜 전화를 걸었다. 그 시간이 새벽 5시 반이었는데 언니한테 참 별짓 다 했구나.

아무튼 언니는 전화를 받았고, 인사도 생략하고 허겁지겁 내 말만 했다. 지금 차 사고가 났는데 어떻게 해야 하는 거냐고. 언니의 목소리는 매우 당황한 듯했다. 너무 이른 시간이었고, 자주 전화하는 애도 아니었는데 갑자기 전화해서 자동차 사고가 났다고 했으니.

그런데 참 신기한 게 있다. 당황한 언니의 목소리가 순간 위로가 되며 마음이 편안해졌다.

❝ 너무 걱정하지 말고, 네가 잘못한 거 아니니까.
만약 큰일 있으면 바로 언니가 달려갈게. ❞

언니의 목소리, 뭔가 뚜렷하게 어떻게 하라고 해결책을 준 건 아니었지만 그 음성은 나의 온몸에 연고를 쓱싹쓱싹 발라주는 듯했다.

사고가 나자마자 왜 영미 언니부터 생각났는지 모르겠다. 나만큼 언니도 '얘가 왜 그랬을까' 생각했을 것이다. 아마 언니가 그동안 보여준 모습들 때문이 아니었을까.

화면으로 비춰지기엔 장난스럽고 거친 여자일 것 같지만 뒤에서 보면 누구보다 잘 챙기고 생각도 깊다. 남한테 피해주는 일은 절대 안 한다.

'안영미는 개그 회의를 할 때 시간 약속 안 지키고 제일 늦게 올 것 같아' 라고 생각하는 사람들이 있는데 천만의 말씀. 후배랑 회의하든 선배랑 회의하든 단 한 번도 지각하는 걸 본 적이 없다.

가장 본받고 싶은 점은 영미 언니는 본인 할 일은 무조건 지킨다.

만약 재미없게 나온 개그가 있다고 치자. 좀 안 풀리는 개그가 있으면 집에서 어떻게든 밤새 연구해서 다음 날 다시 만들어 온다.

비하인드 스토리를 하나 이야기하자면 안영미의 명대사인 "드루와~" 이 대사는 원래 대본에 없던 거였다. 그냥 캐릭터에 맞는 복장만 입고 서 있는 거였는데, '드루와'를 패러디해서 본인의 캐릭터로 만들었다. 괜히 안영미가 아니다.

인간적인 면모부터 개그까지 모두 다 닮고 싶은 따뜻한 여자다.

행운도 99%의 노력이 있어야 한다

이 두 사람은 아니었다
나를 진심으로 축하해주고
더 잘되라고 응원해줬다

우리끼리 속초 놀러가서

살면서 단 한 번도 보지 못한 모습이 있다. 바로 주리가 화난 모습이다.

하루는 연습실에서 개그맨들이 주리에게 심하게 장난을 쳤다. 개그맨들은 다들 입담으로 먹고 사는 사람들이기 때문에 가끔 짓궂게 말하기도 한다.

그날은 좀 말장난이 심하기에 '앗, 오늘은 주리가 정말 화나겠는데?' 하고 생각했다.

보통 사람들이었으면 아마 바로 화내거나 울면서 뛰쳐나갔을 것 같다.

주리는 "응~, 그래" 하면서 여유롭게 웃어넘겼다.

그때 절실하게 깨달았다. 괜히 정주리가 아니구나. 아무리 힘든 일이 생겨도 그 힘듦을 절대 티내지 않는다.

평상시 주리의 말투는 굉장히 애교 넘친다. 시청자들은 의외라고 할 수 있겠지만 실제로 남자들한테 인기가 많다. 방송에서는 캐릭터 때문에 우악스럽게 나오지만 현실에서 주리의 인기는 김태희 급이다.

내가 일산 살고 주리는 응암동 살 때, 주리에게 맛있는 거 해줄 테니까 집에 놀러오라고 했다. 주리는 종종 놀러왔다. 그렇게 주리와 나는 서울과 경기도에서 서로 오가며 그리워하는 사이였다.

어느 날 퇴근하고 집에 가는데 주리에게 연락이 왔다.

그 문자 내용이 지금 정확히 기억은 나질 않는데, 그 순간 내 느낌은 이랬다.

행운도 99%의 노력이 있어야 한다

'아, 주리가 지금 좀 힘들구나, 외롭구나.'

사람과 사람의 관계가 깊어지면 그 사람이 쓴 문자만 봐도 속마음까지 느껴진다는 말을 들었는데, 내가 그랬다. 주리한테.

순간 '아, 주리한테 가야겠다' 싶어 우선 내 집으로 달려갔다. 집에 들어서자마자 냉장고부터 열었다. 그녀에게 맛있는 음식을 해주고 싶었다. 다행히 그날 나의 음식 창고에는 오징어, 삼겹살, 각종 채소들이 옹기종기 모여 있었다. 서둘러 봉지에 담아 주리네 집으로 갔다.

주리네 집에 도착해 벨을 눌렀다.

걱정스런 마음에 문이 열리자 주리의 얼굴부터 살폈다.

역시 주리다. 늘 그랬듯이 웃으며 날 반긴다.

그런 주리를 보고 나도 굳이 무슨 일이 있었냐고 캐묻지 않았다. 말하지 않아도 누군가 곁에 있는 것만으로도 큰 위로가 되고 나 역시 그녀 때문에 위로를 받으니까.

나는 그녀의 집에 가면 가장 먼저 편안한 옷으로 갈아입고 부엌으로 간다. 소면을 삶고, 집에서 가지고 온 오징어를 큼직큼직하게 썰었다. 고추장 양념을 만들어 버무린 다음 프라이팬에 달달 볶고, 집에서 미리 불려온 미역으로 속 시원한 미역국도 끓였다.

단둘이 먹어도 가득하게 한 상 차리는 게 좋다. 부족해서 뭔가 아쉬운 느낌은 싫다.

이렇게 가득 차리는 밥상을 주리도 좋아한다. 이런 작은 부분들도 잘 맞아서 우리는 잘 지낸다.

인생은 요리다.

맛있는 요리가 완성되기까지는 각종 좋은 재료들이 있기에 가능하다.

내 삶이 풍요로운 건 나에게 좋은 사람들이 함께하기 때문이다.

지금 내 인생은 너무나 맛있다.

주리는 언제 침울했냐는 듯 그 음식들을 전부 해치웠다.

배불리 먹고 발갛게 달아올라 행복한 얼굴의 주리는 말했다.

❝ 국주야, 돈 많이 벌어서 이렇게 맛있는 음식 또 해줘.❞

그래, 주리는 천생 여자이지만 요리는 잘 못한다.

그러니까 내가 많이 해줄 수밖에.

이렇게 사이좋은 우리도 싸운 적이 있다.
"네가 더 못생겼어."
"아니거든? 난 살 빼면 예뻐."
하~,
이런 의미 없는 싸움……

157

행운도 99%의 노력이 있어야 한다

'연필'은
누구나 좋아하지만
혼자의 힘으로
사랑받는 게 아니다
안에 박힌
심이 있기에
가능하다

연말

연말은 늘 외로웠다.

남편이나 애인 있는 사람들 말고 나처럼 혼자인 사람들은
모두 공감할 것 같다.

연말.

이날은 일이 바빠도 외롭고, 안 바쁘면 더 외롭다.

가장 외롭게 하는 대상은 바로 '집'이다.

집에만 오면 외로움 증폭장치가 가동된다.

신기한 건 바쁠 때일수록 집에 들어오면 너무 외롭다.

이사한 지 얼마 안 돼서 적응하느라 그런 건지, 몸은 피곤한

행운도 99%의 노력이 있어야 한다

데 잠은 바로 안 온다. 그리 넓은 집도 아닌데 집 안 곳곳을
빈둥거리며 잘 시간만 단축시킨다.

누군가와 대화하고 싶어 전화번호부를 뒤져본다. 버튼을 누
르려다 만다. 지금 이 시간에 누굴 만나러 나가기에는 너무
늦었다. 당장 몇 시간 뒤엔 스케줄 때문에 나가야 하니까.

'아, 뭐 할 거 없나?'

이 고민으로 지새우기 일쑤였다.

그렇게 외로운 밤을 보내고 며칠 후에 친한 친구한테 연락
이 왔다.

"너 집 이사했다며? 집들이 선물해줄게. 뭐 갖고 싶어? 생
각해보고 알려줘."

집들이 선물? 오! 듣던 중 반가운 소리! 너무 외로워서 동물
을 키우고 싶은데. 강아지나 고양이는 새벽에만 잠깐 와서
얼굴 보면 왠지 그 아이가 우울증 걸릴 것 같다.

만약 집을 비운 사이 액세서리나 가방 같은 거 물어뜯으면
어쩌지? 그런 짓을 저지르면 왠지 그 녀석이랑 사이가 안
좋아질 것 같다. 그렇다면 강아지나 고양이는 나에겐 무리
인 걸로.

'뭔가 조용히 혼자 할 수 있는 소일거리 같은 건 없을까?'

문득 시골 할머니 댁에 가면 늘 보던 텃밭이 떠올랐다.

'시골 가면 직접 키운 채소 먹고 하던데 키우는 맛도 있으면서 텃밭이 외롭다며 우울해하거나 짖지도 않을 거고.'

그래, 텃밭이 좋겠다.

그런데 오피스텔에 텃밭을 어떻게 가꾸지?

의문의 구렁텅이에 빠져 한참 고민했다.

아무도 없는 집에 와서 그냥 빈둥거리다가 또 하루가 가는 건 싫은데. 좋은 방법이 없을까. 난 기어코 텃밭을 장만하고 싶다.

갑자기 엄마가 집 안에서 콩나물 기르던 어릴 적 풍경이 떠올랐다.

당장 인터넷을 뒤졌다. '콩나물 키우기' 등 각종 키워드를 쳐보며 찾아봤다.

할렐루야! 실내에서 콩나물 키우는 기계가 있다!

보자마자 친구에게 당장 전화를 걸었다. 콩나물을 키우고 싶다고.

그리하여 콩나물은 나와의 동거를 시작했다.

처음엔 이 콩이 나물로 길게 자랄까? 며칠이나 걸리지?

혼자 살다가 갑자기 신경 쓰이는 게 생기니

마음이 안달났다.

콩나물 키우기

1.

2.

3.

내 하루는 숨 쉴 틈도 없이 빠르게 지나갔다. 그러나 콩나물과의 동거 이후 하루가 길어졌다. 하루하루 자라나는 아이들은 예쁘다 못해 설렘까지 안겨줬다. 사랑과 관심에 따라서 자라는 속도가 달랐다.

4일 정도가 지나자 콩나물은 쑥쑥 자라났다. 사진도 찍어주면서 '아 오늘 며칠 됐지. 이제 4일 정도 됐네. 거의 다 자랄 때가 됐구나.' 이렇게 신경쓰다 보니 날짜 개념도 생겼다.

콩나물 하나로 하루하루가 기대됐다. 중학교 때 아침에 일어나서 학교 가기 싫을 땐 내가 짝사랑하는 남학생을 떠올리면 절로 기분이 좋아 등굣길에 콧노래가 나오듯 콩나물은 나에게 그런 존재가 되었다.

퇴근 후 집으로 가는 길이 설레었다. 사람들이 주말농장을 오가며 각종 채소들을 애지중지 기를 때의 기분을 알겠다.

며칠 뒤 아이들은 길쭉길쭉 다 자라났고, 처음으로 콩나물을 뽑았다. 어찌나 싱싱하던지 거실에서 자란 아이들이 맞나 의심이 되었다.

한 판이 다 자라서 잘 씻고 다듬은 다음 시원한 냉장고에 잘 모셔놨다.

다음 날 일어나서 콩나물국도 해 먹고 무침도 해 먹었다. 특히 전날 술 마셨을 때는 이 녀석들이 나를 더욱 힘나게 해줬다.

행운도 99%의 노력이 있어야 한다

요즘 이 콩나물이 나를 기다리고 있을 것 같아서 집에 들어가는 맛이 생겼다. 다 자란 애들을 뽑고 나면 다음 콩나물은 언제쯤 자라지? 하면서 기다려진다.

콩나물을 찍어 여기저기 보여주니 "국주, 너 되게 여성스럽다" 하는 분들도 많았다. 난 사실 생긴 건 곰이지만 아기자기한 거 좋아하고 요리하는 것도 좋아하는 여자다.

콩나물은 나에게 더 많은 사람들을 안겨줬다. 사람들과 사진을 공유하면서 콩나물 기르는 방법도 알려주니 친밀감이 생겨 금방 친해졌다. 물론 성격에 안 맞으면 콩나물과의 동거는 꿈도 못 꾼다.

세상엔 나처럼 혼자 사는 사람이 굉장히 많다. 찾아보면 서로에게 도와줄 수 있는 것들이 많다. 혼자서도 덜 외롭고 즐겁게 사는 방법을 공유하면서 살면 더 행복하지 않을까.

누군가가 나에게 '살인자'라고 했다.
콩나물을 예쁘게 키워놓고
호로록~
한다고.

행운도 99%의 노력이 있어야 한다

여기는 우리 집 화장실이다.

여기 오니 갑자기 의문이 생겼다.

혼자 사는 사람이 가장 추할 때는

언제일까?

이렇게 생각한다.

화장실에서 볼일 보고 휴지 없을

때. 굉장히 어정쩡한 걸음으로 나

와 휴지를 챙겨올 때.

혼자 사는 게 가장 싫은 순간. 바

로 이때다. 아무리 소리쳐도 정적

만 흐른다.

그런다고 의기소침할 내가 아니

다. 추한 기분만은 절대 들고 싶

지 않아 화장실 안에 휴지를 잔뜩

갖다놓는다. 사람이 뒤돌아서면 잊어버리는 게 화장실에

남은 휴지의 양이 아닌가. 달랑 하나 남았을 때도 그거 하

나 채우는 일은 화장실에서 나오자마자 까먹는다.

이렇게 살 수는 없다. 더는 난감해지는 꼴을 볼 수 없다.

이 같은 고민으로 사는 싱글 남녀들은 참고하면 좋겠다.

우선 화장실 문 앞에다가 휴지를 던져놓는다.

화장실 안에 있던 휴지가 없을 땐 문을 열어 언젠가 무심하게 던져놓았던 그 휴지를 당당하게 쓴다. 그때 기분, 굉장히 좋다. 문 앞에다 뒀던 것을 까먹고 '아차! 휴지 없다!' 이랬다가 '아! 맞다! 문 앞에 뒀지!' 하고 사용한다.

지나가다 문 앞이 허전할 땐 휴지를 툭 던진다.

하나 더 응용할 수 있다.

여자들의 머리 고무줄에 대한 이야기다. 그 흔한 머리끈을 살 때는 묶음으로 잔뜩 사다놓는데 막상 찾으면 하나도 없다.

휴지 편에 이어 이것도 뿌리는 방식이다.

집 활동 범위 내에 고무줄을 몇 개씩 떨어뜨려 놓는다. 급할 때 주워서 머리 묶으면 굉장히 기분 좋다. 머리끈을 사면 소금 뿌리듯이 바닥이나 화장실 변기 위에 뿌려놓는다. 이거 뿌려놓는다고 동화 『헨젤과 그레텔』 에서처럼 누군가 와서 집어가지 않으니 걱정은 덜어놓고.

간혹 침대 밑에서 동전이나 아끼던 물건이 나올 때, 어릴 적 놀이터에서 놀다가 모래 밑에서 동전을 발견했을 때, 그 기분 참 좋다.

설령 그것이 100원이든 10원이

든 언제나 좋다.

휴지든 머리끈이든 정말 필요할 때 눈앞에 딱 나타나주는
행운 같은 기쁨이 있다.

이런 소소한 곳에서 재미를 느끼며 사는 게 즐거운 인생 아
닐까. 즐거움은 늘 나의 가장 가까운 곳에서 함께 살아간다.

집에 항상 많이 쟁여놨는데 찾으면 없는 것들.
머리고무줄, 쓰레기봉투, 햇반, 생리대······
다 어디로 숨었을까.

사람은 누구나
외롭다
함께 살든
혼자 살든
'연말'이든
연초든 마찬가지다
당신만이 느끼는 즐거움을
매일매일 만끽하며
살아야 한다

연초

새해, 외로운 연말을 보내고,
연초가 되면 새로운 마음으로 늘 다시 외롭다.
하지만 2015년은 다르다.

일곱 살 때쯤이었던 것 같다.
엄마가 라디오에 사연을 보내고(그냥 막 보낸 거라 무슨 내용인지
기억도 나질 않는다) 라디오 방송국에서 전화가 걸려와 노래를
부른 적이 있었다. 며칠 뒤 엄마가 보낸 사연이 재미있다며
라디오 제작진이 엄마를 초대하고 싶다고 연락이 왔다.
엄마의 사연이 채택된 라디오 프로그램은 〈이택림 정은아

의 희망가요〉였다.

엄마를 따라갔다. 앞니는 다 빠져가지고. 그날 이택림 씨는
나를 보며 예쁘게 생겼다고 나중에 방송국 오게 되면 꼭 인
사하라고 했다.

그냥 생각 없이 따라갔는데 내가 말을 더 많이 했다. 맨 처
음 라디오에 나의 목소리가 담긴 날이었다. 잊혀지지 않는
일곱 살 라디오 방송국 풍경.

살면서 잘 겪어보지 못할 라디오 게스트로 참여한 이후, 거
의 매일 라디오를 들으며 자랐다. 고등학생이 된 후로는
〈영스트리트〉를 매일 들었다. 저녁 8시부터 10시까지 하는
라디오 프로그램이었는데, 그 시간 나는 거의 미술학원에
있었다.

그림 그릴 때 노래를 들으면 집중력이 떨어진다는 선생님의
말씀을 지키느라 온몸이 근질거렸다. 〈영스트리트〉를 꼭
들어야겠는데, 미술학원을 뛰쳐나갈 수도 없고.

도저히 못 참겠다 싶어 머리를 굴렸다. 긴 머리를 풀어헤치
고, 한쪽 귀에만 안 보이게 이어폰을 꽂았다. 선생님이 혹시
부를 수 있으니 양쪽 다 꽂진 않았다.

여기까진 꽤 성공적이었다. 듣고 있는데 하하 오빠가 한 말
이 너무 웃겨 깔깔대며 웃었다. 그 다음 운명이 어떻게 됐을

지는 상상하는 대로. 엄청나게 혼났다.
혼나면서도 놓치고 싶지 않던 라디오 방송.
라디오만 있으면 좋았다.

미대생을 꿈꾸는 이때,
가까운 미래에
내 얼굴과 몸으로
사람들을 웃기게 될 줄은
상상도 못했다.

왜냐하면
난 내 외모가
기본 빵은 되는 줄 알았으니까.

―

10년 전, 라디오 고정 게스트를 맡게 됐다.

그때는 신인이라 엄청난 기회였다.

노사연 지상렬 선배님의 〈두시 만세〉였다.

신인은 어디 가도 말할 수 있는 기회가 거의 없다. 뭐 애드리브를 칠 수 있는 기회도 없고 말로 웃길 수 있는 기회는 더더욱 없다. 그냥 코미디 프로그램만 하고 다른 일은 전혀 없으니까.

라디오 방송은 달랐다. 30분만큼은 오롯이 나의 시간이었다. 선배님들이 나한테 질문을 하고, 난 그 주제에 대한 나의 에피소드나 생각을 말하는 코너였다. 처음으로 라디오 진행을 하고 싶다는 꿈을 가졌다. '꽁트 연기만 해보다가 이렇게 편안하게 얘기를 나누고 말로 웃기는 게 정말 재미있구나.' 온몸으로 느꼈다.

신인이라 지금과 비교하면 시간은 늘 텅텅 비었고, 라디오 방송은 일주일에 단 한 번, 30분이었다. 일자리가 별로 없을 그때 갔어야 할 여행도 단 한 번 안 갔다. 혹시라도 나 대신 대타를 쓸까 봐.

워낙 춤을 좋아하다 보니 노래가 나가는 동안에도 가만히 있질 못했다. 늘 춤을 췄다. 보이는 라디오가 아닌 게 다행이다. 춤을 추고 제자리에 돌아오면 숨이 턱턱 찼다. 그러면

　　　　　행운도 99%의 노력이 있어야 한다

사람들이 즐거워했다. '아, 이 여자가 그 실내에서 어마어마
하게 쿵쾅쿵쾅 춤을 췄나 보다'라고 상상하는 게 재미있다
고 들었다.

그때 라디오 하면서 지상렬 선배님, 노사연 선배님의 에너
지와 센스를 많이 배웠다.

다른 데서는 칭찬받지 못했던 내가 라디오 PD님들에겐 칭
찬받았다. "얘 말 잘한다" 해주셔서 여기저기 게스트로도
많이 불려 다녔다. 게스트만 500번은 나갔다. 한 방송사에
만 일주일에 다섯 번 나간 적도 있고, 라디오 〈심심타파〉는
3년 동안 고정 게스트를 맡았다.

방송 일을 시작하면서는 'MC가 되겠다'는 꿈을 꾼 적은 없
었다.

처음으로 목표가 생겼다. 바로 라디오 DJ.

'죽기 전에 한 번은 라디오 DJ 너무 해보고 싶다!' 이 마음이
굴뚝같았다.

10년이 걸리든 20년이 걸리든 전혀 상관없다. 나이는 중요
하지 않으니까.

라디오 DJ를 하고 싶은 꿈이 생기자 여기저기 더 열심히,
더 바쁘게 움직였다.

게스트로라도 나의 입담을 알리고 싶었다.

개그맨 선배들은 이런 말을 했다.

> ❝ 게스트 백날 해봤자 DJ 안 시켜준다. 게스트
> 는 말 그대로 그냥 게스트로 평생 써먹는 거야.
> 게스트는 절대 DJ로 써주지 않아. ❞

또 어떤 분들은 "아무리 내로라하는 좋은 라디오 프로그램
이래도 받는 돈도 적고 하루 종일 기다렸다가 잠깐 하느라
하루를 버리는데 대체 왜 하느냐? 돈벌이도 안 되는데, 차
라리 그 시간에 다른 일로 돈이나 더 벌지. 참 이해 안 간
다"며 한마디 한다. 이렇게 주위에선 쓴소리의 무게가 점점
늘어갔다.

행운도 99%의 노력이 있어야 한다

누가 뭐라 해도 난 라디오 방송이 하고 싶었다.

라디오 게스트만 7년을 했다. 7년이면 결코 짧은 시간이 아니었다. 그래도 나이 좀 들고 나서는 DJ를 할 수 있지 않을까? 그렇게 생각했다.

2015년 1월 5일.

처음 라디오에 목소리를 전파한 일곱 살 여자아이는 어른이 되어 7년의 시간 동안 게스트만 하다가 드디어 라디오 DJ를 맡게 되었다.

타인의 말은 살이 되는 조언만 받아들이고 다른 말은 과감히 잊을 줄 알아야 한다. 스스로 끈기 있게 달려야 전진할 수 있음을 깨달은 날이다.

막상 연락을 받고 나니 걱정이 몰려왔다.

'내가 과연 잘할 수 있을까?'

해보지도 않고 섣불리 걱정부터 들었다.

자신 없다고 지금 이 기회를 놓칠 수는 없다.

무조건 한다고 했다.

지금 라디오 DJ를 하면서 정말 많은 것들을 배운다.

매일 나와주시는 게스트의 힘은 굉장히 중요하다. 아무리 재미있고 웃기게 진행을 하고 싶어도 게스트의 도움이 없으면 혼자서 끌어갈 수 없다.

며칠 전, tvN 김석현 감독님은 라디오를 직접 듣고 이런 조언을 하셨다.

❝ 남의 이야기를 재미있게 들을 수 있는 방법을 배워라. 유재석도 신동엽도 남의 이야기를 잘 들어준다. 너도 그것을 배워라. ❞

난 지금 배우고 있다.

많은 게스트들과 호흡을 잘 맞추려고 노력한다. 혼자 웃기는 것은 줄이려고 하고, 말하는 사람들이 진솔하고 편안하게 말할 수 있게 도와주려 애쓴다.

그게 내 역할이니까.

아직 다 보여주지 못한 내 안의 잠재력을 꺼내기 위해 오늘도 힘껏 달린다.

지금 드는 생각인데, 대본에 '버터관 자구이'라는 낙서는 왜 썼을까?

한참을 생각했다.

아무리 생각해도 도무지 떠오르지 않는다.

라디오 DJ 처음 맡은 감격의 첫 대본

행운도 99%의 노력이 있어야 한다

너무 긴장해서 버터를 싹싹 바른 관자구이가 먹고 싶었나
보다.
늘 외롭게 보냈던 연초는 이렇게, 내 오랜 꿈과 함께 다시
시작되었다.

라디오 방송을 하면서 감성적이 되었는지
시 한 편이 떠오른다.

라: 라디오를
디: 디게
오: 오래 하고 싶다.

연초는
뭘 시작해도
좋은 때다

달릴 준비만
되어 있다면
이미
가장 좋은 때를
겪는 중이다

연예인

어디 가서 소개할 때 "안녕하세요, 코미디언입니다, 개그우
먼입니다." 자신 있게 말한다.

"안녕하세요, 연예인 이국주입니다."

이건 좀 뭐랄까. 손발이 오글거린다.

한국에서 연예인이라고 하면 탤런트, 영화배우, 가수, 개그
맨 이렇게 있는데 사실 개그맨은 다른 분야보다 대우 받지
못할 때가 많다.

외국에서는 코미디언이라고 하면 대단한 사람으로 높여주거
나 배우나 가수들과 위치가 비슷하다고 한다. 우리나라에서
는 개그맨은 그냥 친근한 느낌이 드는 연예인이란다.

사람들이 우릴 보고 친근하게 느끼면 사실 좋다.

개그맨은 대중을 웃겨야 하는 직업이라 자신을 낮추는 개그를 하며 웃음을 준다. 그러다 보니 가끔 너무 편하게 대하는 분들이 생긴다. 그렇게 되면 개그맨들은 속으로 상처받는다. 예를 들면 배우들이 식당에서 밥 먹고 있으면 팬들이 다가가서 "언니! 사진 한 번만 찍어주세요!" 했을 때 안 찍어주면 "역시 이 언니는 신비주의야. 역시 시크해" 하며 더 이상 바라지 않고 그냥 간다.

개그맨들이 식당에서 밥을 먹고 있는데 누군가 와서 사진 찍자고 했을 때 안 찍으면 굉장히 서운해한다. 그러면서 그 심정을 밖으로 내뱉는다.

" 왜요? 지금 왜 안 찍어줘요? "
" 뭐야? 개그맨이 뭐 대단해? 자기가 배우야? "

옆집 오빠나 누나같이 편한 상대인데 원하는 것을 해주지 않으니 서운해한다. 우리는 우리대로 그런 말을 들으면 속상하다. 하지만 어쩔 수 없다. 개그맨들이 평생 안고 가야 할 문제다.

배우들과 달라서 재미있는 상황도 있다.

지나가던 시민들이 배우들한테 "연기 보여 주세요~." 이런 말은 하지 않는다.
개그맨이 길을 지나가면 이런 말을 한다.

" 저기요! 좀 웃겨봐요! "
" 의리, 보여주세요! "

남들보다 더 빠르게 사람들하고 친해질 수 있는 것은 최고
의 장점이다.
개그우먼이기 때문에 좋은 점은 처음 보는 사람도 편하게
다가오는 것이다.
길에서 처음 개그맨을 봤을 때 아무리 험상궂게 생겨도 불
편하거나 무섭게 생각하지 않는다. 여러 사람들과 어울려야
할 때 상대방이 나에게 마음을 금방 연다.
어렸을 때부터 존경하는 사람, 친해지고 싶은 사람들이나
연예인 등과 허물없이 금방 친해졌다. 개그우먼이 아니었다
면 사람들한테 먼저 다가가서 말도 안 걸었을 것이다. 개그
우먼이 된 건 정말 다행이다.

세상에 웃긴 사람은 많다. 하지만 웃음을 통해 새로운 트렌
드를 만들고 이끌어가는 사람은 흔치 않다. 사람들은 나를
통해 웃는다. 이 한 가지가 너무 좋아 지금까지 연예인을 한

다. 행복 1순위이기도 하고.

시청자들의 시선이 예전과는 많이 바뀌었음을 느낀다.

뚱뚱함을 개그 소재로 활용하는 것은 기존부터 많이 있던 개그 코드다. 대놓고 뚱뚱하다고 숨기지 않고 당당하게 드러내니까 진심이 느껴져 좋다는 말을 들었다. 내가 나를 사랑하는 마음이 시청자들에게도 전해졌다.

2006년 MBC 개그맨 공채 15기로 데뷔했다.

사실 공채에 뽑혀도 누군가 숨은 끼를 봐주지 않으면 일거리가 없다.

행운도 99%의 노력이 있어야 한다

한동안 일거리 없이 쉬고 있었는데 tvN 〈코미디빅리그〉에
서 불러줬다. 김석현 감독님, 피디님들, 작가님들 다 너무
고맙다. 〈코미디빅리그〉에 있는 사람들은 전부 다 모르는
사람들이었는데, 이젠 가족 같다.
내가 말을 잘하는 사람이라는 것도 〈코미디빅리그〉를 통해
알게 됐다.

나는 면요리를 좋아한다.
그래서 호로록이 나왔다.
호로록이 없었다면 지금의 난 없었다.
이제 내 이름 앞에 호를 붙여야겠다.
'호록 이국주'라고.

〈코미디빅리그〉에서 하는 코너는 '10년째 연애 중'이다.
10년 전의 날씬함은 없지만 여전히 남자 친구한테 사랑받는 내용이다. 여기서 내 살들, 그리고 식탐을 절대 숨기지 않는다. 있는 그대로의 나를 보여준다. 바로 이 부분이 시청자들의 마음을 움직이지 않았을까.

뚱뚱한 여자라고 해서 남들보다 감정이 무디거나 더 잘 참는 게 아니다. 다른 여자들처럼 연애할 때의 감정이나 상황은 모두 똑같다.

원래 장기 연애를 하면 오랜 시간을 보내면서 서로에게 편안함이 생기기 때문에 남자든 여자든 살이 더 찐다. 주위에 연애하다가 결혼한 부부들만 보아도 대부분 몸매가 푸근하다.

여기서 중요한 점은 상대방이 살쪘다고 해서 갑자기 내 애인이 막 싫어질까? 아니다. 애인이 좋아하는 음식이라면 같이 먹어보고, 댄스 곡이 좋은데 애인이 발라드를 좋아하면 같이 들어보고, 스릴러가 좋은데 애인이 멜로를 좋아하면 같이 봐주기도 하면서 서로 노력하는 게 사랑 아닌가.

그것은 누가 시켜서도 아니고 본인의 마음이 담긴 행동이다. 사랑하는 사람이니까. 그 사람한테 사랑받고 싶으니까.
'사랑'은 상대방이 좋아하는 것을 함께하는 것이다.
작은 것이든 큰 것이든 뭐든 상관없다.

뚱뚱한 걸 당당하게 내세운 연기를 부끄러워했다면 시청자들이 지금만큼 사랑해주지 않았을 것 같다.

예를 들면 "오빠, 나 건강해지려고 건강 팔찌를 샀어. 손목에 피가 안 통해서 자꾸 전기가 올라"라고 말하면 관객들은 위로의 함성을 외쳐준다.

그때 난 대답한다. "왜 그래~ 난 지금 너무 행복해. 지금의 내가 너무 좋아"라고.

그러면 관객들은 모두 박수를 치며 환호성을 질러준다. 대부분 연인들이 많이 좋아한다. 뚱뚱한 커플은 그 커플대로 공감을 하고, 날씬한 커플은 연인 사이에서 많이 일어나는 싸움이나 상황에서 공감이 된다고 한다.

뚱뚱한 사람들도 할 건 다 한다.

연애도 하고 뜨거운 사랑도 하고 남자와 이별도 한다.

나는 이런 다양한 심정을 많은 사람들에게 보여줄 수 있는 '개그우먼'이란 직업이 좋다. 그리고 그 직업으로 말미암아 나는 행복을 얻는다.

다른 연예인들은
"실물이 더 예뻐요"라는 이야기를 듣는다.

난……
"실물이 더 크네요."
"텔레비전만큼 크네요. 우와!"
"키도 크고 다 크다."

심지어 어떤 남학생은 나에게 이런 말을 했다.
"몇 킬로그램이에요?"

행운도 99%의 노력이 있어야 한다

개그 연습하다 후배한테 맞았다.
실수로 그랬다는데……

개그우먼이라서 좋다
남들이 날를 보고 웃는게 좋다

어디에서
무슨 일을 하든지
내가 행복한 게
중요하니까

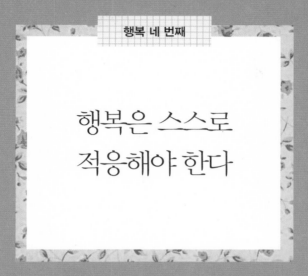

행복 네 번째

행복은 스스로
적응해야 한다

연포탕
/
연분
\
연장전
/
연어
\
연비

연
포
탕

연포탕. 제목만 썼을 뿐인데 벌써 설렌다.

요즘엔 남자들이 요리를 더 잘하는데 정말 멋지다. 요리하
는 남자는 섹시하다고 할 정도이니 말 다 하지 않았나. 요리
잘하는 남자들이 늘어나고 있는 이 시대를 살고 있는 난 복
받은 여자다.

밥이든 안주든 다 좋아하는데, 그중 연포탕을 특히 좋아한다.
연포탕은 참 대단한 존재감을 지녔다. 술안주로도 제격인데
해장까지 해주는 착한 음식이다. 가장 중요한 건 레시피가
간단해서 언제든 해 먹기 좋다.

간단한 요리법이어야 몇 초라도 더 빨리 미각이 행복하니까.

식당에 가면 꼭 지키는 규칙이 있다. 부족하지 않을 만큼 음식을 시키는 것.
물론 남기지 않아야 한다.
충분히 충족됐다고 포만감이 느껴지게끔 먹어야 맛있게 먹었다는 기분이 든다. 같은 음식을 먹더라도 그 시간만큼은 최선을 다해서 맛있게 먹는 게 행복이니까. 음식에 대한 예의기도 하고.

음식점에 가서 약간 부족하게 시키고 우선 먹어보고 다시 시킨다?
싫다.
약간 어설프게 배부른 증상이 온 채 다른 음식을 더 시켜서 기다린다?
더 싫다.

먹다가 음식을 추가시키면 희한하게 조금 전처럼 맛있지 않다. 뭔가 설익은 감 먹는 느낌이다.
사람한테 예의를 차리듯이 음식에도 예의가 있다. 똑같은 음식을 맛있게 먹지 못하는 것은 음식에 대한 예의가 아니다.

행복은 스스로 적응해야 한다

그래서 나는 연포탕에도 예의를 갖춰 먹는다.

연포탕 다음으로 가장 좋아하는 음식은 고기다.
아무거나 주는 대로 먹고 배만 채우면 되는 여자가 아님을
지금부터 보여주겠다.

고깃집에 갔을 때 고기를 더 맛있게 먹는 방법이 있다.
만약 네 명이서 고깃집에 가면 처음부터 고기 4인분을 시
키지 않고, 3인분을 시킨다. 2인분을 다 먹었을 때 2인분을
더 시킨다. 고기를 먹는 시간이 끊어지지 않고 즐겁게 쭉
먹을 수 있도록 한다. 2인분을 다 먹었을때 시키는 이유는
신선함을 위해서고, 1인분을 더 추가했으니 단골 집의 사
장님은 조금씩 더 주거나 서비스로 껍데기를 같이 얹어 주

는 곳도 있다.

나는 고기를 가장 좋아하기 때문에 고기 굽기도 잘한다. 절대 남에게 집게를 넘기지 않는다. 같은 고기라도 더 맛있게 먹기 위해서다. 전날 밤새고 아무리 피곤한 상태여도 고기만큼은 내가 굽는다. 고기 먹으러 갔는데, 다 같이 맛있게 먹으면 얼마나 좋은가.

소고기를 먹을 때 잘 먹는 방법도 알려주고 싶다. 만약 오늘 저녁 메뉴가 소고기라면 아주 맛있게 먹을 수 있도록.

소고기는 오래 구우면 질겨지고 맛이 떨어진다. 누구나 아는 사실이다. 육즙이 빠지고 말라비틀어지는 꼴은 고기에 대한 예의가 아니다.

소고기를 딱 한 번만 겉에만 살짝 굽고 나면 고기의 중간 부분에 핏기가 살짝 남는다. 그 상태로 불판의 양파에 곱게 눕힌다. 개인적으로 소고기는 핏기가 살짝 있을 때 먹는 게 가장 맛있다고 느끼기 때문에 그 상태로 바로 호로록한다.

세상엔 먹는 취향도 좋아하는 것도 다 다른 사람들이 모여 산다. 그게 싫다고 평생 혼자 밥 먹을 순 없으니 타인의 취향도 존중해야 한다. 여럿이 고깃집 가면 핏기 도는 걸 싫어하는 사람 꼭 있다. 그럴 땐 이렇게 말한다.

행복은 스스로 적응해야 한다

" 지금 양파 위에 겉만 구운 고기를 올려두었으니 드실 분은 그대로 드시고, 핏기가 싫은 분은 불판에 살짝만 더 익혀서 드세요. **"**

이렇게 하면 더 익혀 먹는 사람도 뜨겁고 야들야들하게 딱 맛있는 온도로 소고기의 육즙을 느끼며 먹을 수 있다.

여럿이 가더라도 음식 남기는 것은 보기 싫다. 테이블에 이것저것 많으면 어차피 다 먹지 않고 반찬이 남는다. 특히 밑반찬을 뷔페식으로 해놓은 식당에 가면 채소 못 먹은 귀신처럼 잔뜩 갖다놓고 먹는 사람들이 있다. 결국 다 남긴다. 불판 위에 마늘을 올려놓아도 먹는 사람만 먹고, 밑으로 떨어지거나 팬에 눌어붙어 결국 버린다.
상추 하나, 마늘 하나 심고 뽑고 하려면 얼마나 정성이 필요한데. 나부터 변해야 한다.
모든 건 지나치면 해가 된다. 먹는 것도 적당히 차려놓고 먹는 게 좋다.
마늘을 판 위에 구워 먹고 싶다면 작은 은박지 접시를 달라 해서 그 안에 넣고 구워 먹는다. 그렇게 하면 밑으로 빠지거나 타서 버릴 일은 없다.

어릴 때부터 음식 남기는 걸 싫어해서 딱 먹을 반찬, 딱 먹을 채소만 올려놓고 먹는 편이다. 몸집은 크지만 테이블 위에 다 먹지도 못할 양을 올려놓고 먹지는 않는다. 배불리 맛있게 먹어야 하고, 먹더라도 더 맛있게 먹어야 하는 것만은 꼭 지킨다.

이제 고기의 마지막 코스가 남았다.
하이라이트. 된장찌개.
된장찌개가 나오면 식탁에 한두 개 남은 청양고추를 잘라 넣고 보글보글 끓인다. 사람들이 각자 먹고 남은 밥을 싹 모아 뚝배기에 넣고 자박자박 끓인다. 이것을 먹어야지만 고기 식사의 완전체를 이룬 것이다. 속도 든든해지면서 해장까지 된다.

만약 양념갈비 집을 가게 된다면?
갈비를 시킴과 동시에 물냉면을 시킨다.
갈비를 앞뒤로 바싹 잘 구워 물냉면에 돌돌 말아 먹는다.
이미 예전부터 먹던 방법인데 지금은 그렇게 먹는 음식점이 많이 생겼다. 나야 좋지만.

행복은 스스로 적응해야 한다

이번엔 아구찜 집에서 맛있게 먹는 방법이다.

갑자기 왠 아구찜이냐고? 육질이 가장 육고기 같은 생선이니까.

아구찜 먹을 때 콩나물 많다고 신경질 내면서 안 먹는 분이 있다. 그때는 가게 이모한테 먼저 빈 그릇 하나 달라고 한다. 그릇에 아구찜의 콩나물을 잘게 썰고 김 가루랑 참기름 달라 해서 밥이랑 쓱쓱 비벼먹는다.

그 맛이 어떤지는 나중에 책 후기에 올려주시길.

이 책을 읽고 난 뒤에는 아구찜 집 가게 되면 "사장님! 콩나물 좀 많이많이 넣어주세요!"라고 힘껏 외쳐 보자.

쓰다 보니 침이 꼴깍꼴깍 넘어간다.

먹는 이야기하려니까 밤새울 판이다.

라면은 한 번에
두 개 먹어야 맛있다.
짜장라면은 세 개.
국물이 없으니까.

먹는 것도 좋아하지만
요리하는 것은
더 좋아한다

—

밥을 맛있게 먹었으니 후식이 빠질 수 없다. 특히 여자라면 공감 백배.

밥을 먹고 나면 당연 커피숍을 가는데, 나는 아메리카노를 마시지 않는다. 사람들이 너무 '아메리카노 아메리카노' 찾으니까 안 찾게 됐다. 물론 진심으로 커피를 좋아해서 매일 커피를 달고 다니는 사람들도 봤다.

하지만 커피를 남들 따라 습관처럼 마시는 사람들도 많다. 아메리카노를 한 손에 든 것이 명품백을 든 것 같은가 보다. 주위에서 한번 입소문이 나면 사람들은 너도나도 사재기 심리에 빠진다. 그 물건을 일부러 따라 살 필요는 없다고 생각한다. 자신이 느끼기에 좋은 게 최고니까.

나도 커피 참 좋아한다. 아메리카노는 아니고 일명 다방커피. 사무실 어딜 가도 볼 수 있는 그 믹스 커피.

자주 마신다. 안 그래도 건조한 인생살이 이 믹스 커피처럼 달달하게라도 살아야 하지 않을까?

믹스 커피를 좋아한다니까 아저씨 같다고? 내가 믹스 커피를 좋아하게 된 것은 고등학생 때다. 시험 기간, 공부는 얼마 하지도 않았는데 벌써 밤이 되어버리고 그때부터 공부 좀 해보려고 하면 졸음이 오기 시작한다. 머리를 사물놀이 하듯 돌리면 엄마가 방에 들어오시고 열 명이 마실 거대한 양의 얼음 동동 띄운 냉커피를 건네주셨다.

> **❝ 너 이거 마시고 잠 깨서 얼른 공부해라. ❞**

그때 처음 맛봤다. 엄마가 타준 믹스 커피.
신세계였다. 뭔가 씁쓸하면서 달달한 맛. 슈퍼에 가면 파는 그 커피 맛 캔디를 물로 우려놓은 듯 고급 불량식품 같은 맛. 커피 맛을 잘 모를 때였지만 그 첫맛의 느낌이 좋았다.
당시엔 원두를 갈아 내려마시는 아메리카노는 눈에 띄지 않던 시절이다.
그 많은 양의 커피를 마시고 밤새도록 두 눈 부릅뜨고 공부하라는 엄마의 마음이 감사해서 그대로 원샷 했다. 그날 밤은 정말 작정하고 공부해서 뭔가 보여드리고 싶었다.
원샷한 지 20분도 지나지 않아 그대로 잠들었다.
시험 보기 직전 아침까지 쭉.
배불러서.
남들은 커피 마시면 잠이 안 온다고 하던데, 난 왜 잠만 잘 올까.
엄마가 큰 바가지에 주셨던 얼음 동동 띄운 시원한 믹스 커피는 지금도 좋아한다.

행복은 스스로 적응해야 한다

 믹스 커피 말고 마시는 것들 중 특별히 좋아하는 게 또 있다.

새하얀 우유.

어릴 때부터 그렇게 흰 우유가 좋았다.

나 때문에 매일 1000ml를 배달시켰는데, 아빠도 우유를 좋아하셨다.

아빠가 우유를 드시고 나면 남은 우유의 양은 내가 마시기엔 터무니없이 모자랐다. 엄마는 우유를 두 배로 늘려 배달시켰다. 아빠가 600ml 정도 드셨고 남은 우유는 내가 다 마셨다.

보통 사람들은 갈증 나면 물이나 음료수를 마시는데, 나는 항상 흰 우유를 마셨다.

초등학생 때 수업이 끝나고 집에 막 뛰어 들어오면 냉장고부터 열어 물이 아닌 흰 우유로 갈증을 달랬다. 지금도 집 냉장고에 우유는 빠뜨리지 않고 항상 모셔둔다.

사람들이 아메리카노를 외칠 때 나는 커피숍에서 "흰 우유!"를 외칠 정도로 우유 마니아다.

남들은 카페인으로 기분 전환을 한다지만 난 단백질로 기분이 한층 좋아진다.

이렇게 자신의 마음을 달래주고 기분을 띄워주는 음식들이 있다. 뉴스를 보니 많은 직장인들이 스트레스 받을 때 거의

먹는 걸로 푼다고 한다. 외롭거나 우울할 때도 맛있는 음식을
찾으면서 마음을 달랜다고 한다.

주위를 둘러봐도 맛있는 음식이 삶의 낙인 사람들이 많다.

나처럼.

행복은 늘 가까이에 있다.

외로움이 커져서 키우게 된 콩나물. 그것을 뽑아서 음식을
해 먹는 것도 행복이다.

그러니까 맛있는 음식은 절대 별거 아닌 게 아니다.

음식은 대단하다.

참 존경스럽다.

복스럽게 먹는 여자는 예쁘다.

음식에 대한 예의를 제대로 갖춘 사람이다.

짜파게티를 먹다가 불면
흰 우유를 넣어보세요.
풀리면서 고소해요.
인상 쓰지 마세요.
나 이상해지니까.

행복은 스스로 적응해야 한다

단

한 끼의 음식도

절대

무시하지 마라

사람도 하지 못하는

위로가 되어준다

연분

여자 나이 서른이 되면 다들 자기 짝을 찾느라 먹이를 찾아 헤매는 하이에나로 변신하는 것 같다.

뭐랄까, 일터에서는 제법 연차가 쌓인 나이라 제대로 잘하지 않으면 뭔가 어정쩡한 위치에 설 수 있는 나이? 만약 결혼을 하지 않았다면 혼자 지내는 것에 적응해가는 나이기도 하다.

혼자인 게 왜 아직도 낯설까.

자정을 훌쩍 넘은 시간, 일을 마치고 집에 들어간다.
아무도 없고 깜깜한 벽을 더듬으며 불을 켠다. 그다음 적막

행복은 스스로 적응해야 한다

함을 깨기 위해 텔레비전을 틀어놓는다. 방에 가서 편안한 옷으로 갈아입는다. 텔레비전 안에 있는 사람들의 웃음소리와 대화가 온 집 안에 퍼진다.

나도 저렇게 크게 웃고 싶다.

혼자 산다는 건 편하기도 하지만 말로 설명할 수 없을 정도의 외로움도 동반한다.

혼자였던 나에게 '연분(緣分)'이 생겼다.

모르는 이들과 한 지붕 아래서 살게 됐다. 한집에 살면서 개인적인 공간인 침실은 각자 사용하고, 거실·화장실·욕실 등은 공유하는 생활 방식인 셰어하우스(share house). 혼자 사는 사람들이 보다 효율적으로 생활할 수 있는 집을 그렇게 부른다. 이 생활을 하게 됐다.

텔레비전에서만 보았던, 친분이 전혀 없던 사람들과 함께 생활한다는 것이 조금 두려웠지만 그런 두려움은 잠시였다. 새로운 나의 집 〈룸메이트(SBS 프로그램)〉에 사는 사람들은 너무나 인간적이었다. 말만 함께 사는 사람들이지 이젠 나의 가족 같은 사람들이 되었다.

나처럼 혼자 사는 사람들은 '룸메이트'라는 생활이 굉장히 도움이 된다.

부모님이 지방에 계시면 서울에서 생활하기 외로운데, 굉장히 의지가 된다. 뭔가 일은 바쁘고 취미 생활을 하기엔 시간이 없고 쉬려고 집에 들어가면 더 외로운 그 허전한 기분이 싫었다. 아무도 없는 불 꺼진 집에 홀로 들어가 불을 켜는 일상. 외로움이 사라졌다.

가장 중요한 밥 이야기부터 해야겠다.
밥을 해놓으면 나만 한 번 먹고 나가니까 아까워서 밥을 안 하게 되었다. 그러다가 집 밥이 그리운 어느 날 집에 들어와서 밥을 먹으려면 밥이 없다. 밥이 먹고 싶은데 밥통에 없으면 짜증이 밀려온다.
또 어떤 날엔 갑자기 라면이 먹고 싶은데 찾아보니 집에 라면이 없다.
미치겠다. 이럴 때 누군가 함께 살거나 옆에 있다면 밥을 해놓거나 사다놓을 텐데, 혼자 먹으니까 라면이 있는지 없는지 신경 안 쓰게 된다.
더 이상 이런 걱정은 안하게 되었다.
아주 사소한 것이지만 함께 사는 사람들과 식사 때 가위바위보를 해서 "오늘은 네가 졌으니까 네가 사와. 졌으니까 이건 네가 만들어"라며 식사 당번을 정하는 즐거움이 생겼다.
물론 내가 걸리면 조금 귀찮긴 하지만 그것조차 신난다.
혼자 살면 절대 할 수 없는 것들이다.

행복은 스스로 적응해야 한다

〈룸메이트〉에 며칠간 살다가 촬영을 마치고 혼자 사는 집에 가면 〈룸메이트〉 촬영 때가 그립다.

화장실에서 수건이 없을 때 부르면 갖다줄 수 있는 가족이 있다는 게 정말 좋았다.

〈룸메이트〉에서 애프터스쿨의 나나랑 카라의 영지랑 같이 방을 쓰는데 둘은 나보다 동생이고 내가 언니니까 은근히 심부름을 시킨다. 이름만 불러도 바로바로 대답도 잘하고 다른 집 언니 동생들처럼 "아 왜!" 짜증내면서 또 잘 가져다준다. 바로 이런 게 함께 사는 맛이지.

〈룸메이트〉에서 가장 낯선 두 사람이 있었다.

배우 서강준. 처음 봤을 때 스물두 살이었으니 어리고 외모도 훈훈하고 잘나가고 있기 때문에 건방질 거라고 예상했다. 건방져도 '쩝. 뭐 그래 요즘 어리고 잘나가는 애들은 이해해줘야지'라고 생각도 했고.

요즘엔 잘생긴 사람이 일도 잘하고 성격도 좋다는 미신 같은 이야길 들었다. 그 말을 현실로 보여준 사람이 서강준이다. 잠시나마 건방질 것이라고 추측했던 게 미안할 정도로 겸손하고 착한 아이였다.

그 친구는 드라마를 찍고 있기 때문에 〈룸메이트〉에 오랫동안 있을 수가 없다. 오게 되더라도 밤늦게 왔다가 새벽 일찍 나간다. 〈룸메이트〉 식구들과 같이 참여할 수 있는 게 많지 않다. 그래서 〈룸메이트〉에서는 조금 편하게 있다가 갈 수도 있는데 사람들이 하기 싫어하는 일들을 마다하지 않고 다 한다.

예를 들면 청소나 쓰레기 버리는 일이나 설거지는 아무도 시키지 않았는데, 집을 둘러보다가 청소해야 된다고 느끼면 본인이 그냥 한다. 원래 혼자 살던 애가 아니고선 음식물 쓰레기를 일일이 손으로 짜서 봉투에 넣어서 버리는 게 쉽지 않다. 혼자 산 지 9년차인 나도 음식물 쓰레기 버리는 것은

행복은 스스로 적응해야 한다

아직까지도 싫으니까.

서강준은 요즘 애들 같지 않다.

강준이나 나나는 원래 사람들한테 먼저 살갑게 굴지 못하는 동생들이다. 처음에는 '막내인 애들이 왜 먼저 살갑게 못 하지? 좀 더 싹싹하게 다가와주면 참 좋을 텐데' 라고 생각했다. 한집에서 함께 생활하다 보니 평소에 보지 못했던 사소한 부분들을 나도 모르게 보게 된다.

강준이 같은 애들은
나라에서 보호해야 해.
아무도 못 데려가게 국보로. ^^
내 마음의 국보 111111호

배종옥 언니가 이동욱 오빠한테 이런 말을 한 적이 있다.

" 오늘 너 못생겼어~. BB크림이라도 좀 발라. "

그다음부터 〈룸메이트〉에서 못생긴 남자로 통한, 세상에서 가장 섹시한 남자 배우 이동욱. 사실 밖에서는 너무 멋진 배우인데, 한 식구가 된 뒤로 서로 장난도 잘 받아주는 편한 사이가 되었다.

어느 날 집에서 〈룸메이트〉 모니터를 하고 있는데 화면 속에서 동욱 오빠 뒷모습을 보았다. 설거지를 하고 있거나 요리를 하고 있는 뒷모습이었다.

생각해보니 동욱 오빠가 아니면 우리 중엔 집안일을 제대로 잘하는 사람이 없었다. 준형 오빠도 있고, 세호 오빠도 있지만 비주얼은 가장 훈훈한 동욱 오빠가 우리 집에서 아빠같이 가장 푸근한 사람이다. 가끔 툴툴대는 딱딱한 말투지만 누구보다 우리를 생각하는 사람. 〈룸메이트〉에서 큰오빠, 아빠같이 리더인 중요한 사람이 이동욱이었다. 아니 무슨 톱스타가 이렇게 인간미가 있지? 다른 설명은 필요 없다. 그냥 참 좋은 사람이다.

남동생만 있어서 오빠가 생긴 게 참 좋다. 보호받는 느낌도 들고 든든하다. 이동욱 오빠나 조세호 오빠는 친오빠였으면 좋겠다는 생각이 자주 든다. 함께 사는 외국인 오빠들은 아직 한국 생활에 미숙하니까 내가 잘 챙겨주면 되는 동생 같은 오빠들이고. 동생들은 애교가 많아서 좋다. 실제로 남동생이 있는데 같이 안 산 지 벌써 10년째이다. 〈룸메이트〉에 있다 보면 내 동생이 늘 그립다.

만약 〈룸메이트〉에 배우, 가수만 있다면 어땠을까? 나는 이 사람이 있었기에 굉장히 빨리 적응하고 편해지지 않았나 싶다. 바로 개그맨 조세호다. 알게 된 지 오래됐는데도 친한 건 아니었다. 같이 겹치는 프로그램도 있어 자주 보는데도 이야기를 터놓고 많이 하는 사이는 아니었다.

그런데 〈룸메이트〉를 통해 한집에서 생활하다 보니 서로 더 챙겨주고 많이 가까워졌다. 악플로 상처받을 때 오빠는 선배로서 나를 이해해주고 챙겨줬다.

세호 오빠는 가끔 사람이 맞나 싶다. 사람이 아닌 철인 로봇 같다. 오빠의 캐릭터는 망가지고 몸을 써야 되는 역할들이 많다. 이 정도면 솔직히 촬영 끝날 때가 가까워지면 녹초가 되는데 몇 시간이 지나도 절대 지치지 않는다. 카메라가 비추든 안 비추든 그 생기가 똑같다. 사람들 앞에서 지친 모습을 보인 적이 없다. 단 한 번도.

녹화 중간 쉬는 시간일 때도 늘 파이팅이 넘친 모습을 유지하고 있다.

"나랑 비슷한가요? 세호 오빠, 늘 고마워요."

세호 오빠가 그려준 나

어쩜 사람들은
내 얼굴을 다 잘 그릴까.
동그라미 크게 하나 그리고
눈, 코, 입 몰아서 그리면 끝이다.

사람들이 닮았다고
부르는 내 별명……

인크레더블 아빠
토이스토리 버즈
씨름 선수 박광덕
지오디 김태우
그리고
……
대형 냉장고.

행복은 스스로 적응해야 한다

그런 오빠를 보면서 '오빠 사람이 맞나? 어떻게 안 지치지?'
란 생각이 들었다.

이 모습은 억지로 노력한다고 되는 게 아니다. 12시간을 녹
화해도 파이팅 넘치는 타입이다. 지쳐 있는 우리 주변에 있
기만 해도 오빠는 진득한 고기 냄새 풍기듯 긍정 에너지를
뿜어낸다. 같은 개그맨으로 정말 존경하는 선배이자 오빠이
자 가족이다. 오빠는 나를 어떻게 생각할지 모르겠지만 상
관없이 진짜 친오빠였으면 좋겠다. 아무 말 없이 그저 옆에
있기만 해도 큰 힘이 될 때가 있다.

위로란 이런 것이다.

세상에 사람은 많고 저마다 개성도 다르다.
그 수많은 사람들과 소통할 순 없다.
사람은 사람 없이 살 수 없다. 그것이 '연분'이다.

다른 스케줄을 마치고 집으로 가는 길,

저 멀리 〈룸메이트〉 집 창문이 보인다.

불이 환하게 켜져 있다.

난 이제 혼자가 아니다.

지금 집에선 다들 무엇을 하고 있을까.

생각만으로 발걸음이 가볍다.

문 앞에 다다르자 안에서는 화창한 봄날 같은

웃음소리가 들린다.

아, 겨울이 이렇게 따뜻한 계절이었구나.

행복은 스스로 적응해야 한다

서른 살은
불안한 나이가 아니다
삼십대가
되었기 때문에
좋은 '연분'을
더 많이 만날 수 있는
좋은 때가 온 것이다

연장전

방송국에서는 옛날부터 이런 이야기가 전해져 내려온다.

연예인은 잘하는 사람보다 오래 버티는 사람이 살아남는다고.

특히 개그우먼은 5년 이상 하기 힘들다고.

그런 이야기들을 들으면서 자랐다. 그리고 버텨왔다.

벌써 개그우먼을 한 지 10년이 되었다. 물론 중간중간 힘들었다.

다른 일 하면 안 힘든 것도 아니고 어딜 가도 힘든 상황은 다 있다. 사실 이렇게 생각하면 못할 게 없다. 죽어도 개그우먼은 꼭 하고 말겠다는 목표만 보고 계속 달려왔다.

대학교 졸업하고 나서 오디션을 봐야겠다는 결심이 섰다.

행복은 스스로 적응해야 한다

2006 MBC 신인개그맨 1차 합격자 명단 (43명)

수험 번호	성 명	수험 번호	성 명	수험 번호	성 명
	양선일	76	김진규	155	임숙연
	길기용	81	류경진	164	허성호
	조성일	95	심종환	165	조승래
	김동준	98	박재영	169	이정현
	신민주	99	이국주	170	송한대
	강지은	100	이은희	181	임찬수
		104	김주연	198	송은록
			오나미	202	서문미
				207	이경환

이젠 됐다!
난 개그맨이 될 거야!

당장 '갈갈이홀' 극장에 가서 처음으로 오디션을 봤다.

단박에 떨어졌다. 포기하지 않았다.

다시 오디션을 봤다. 또 떨어졌다.

같은 노래를 계속 듣기 위해 반복 플레이 눌러놓듯 이 생활은 계속됐다.

포기하지 않았다. 개그우먼만이 내 꿈이었으니까.

계속해서 꿈을 그리면 언젠간 이룬다고 믿었다.

그 믿음은 몇 달 뒤 나를 개그맨 연습생으로 만들어주었다.

연습생이 되고 나서 개그맨들이 가득 모인 연습실에 처음 출근했다.

그날 아침 햇살이 너무 좋아서 기억이 선명하다.

'여기 들어왔으니 이제 난 개그우먼만 되면 된다.'

큰 착각이었다.

연습생만 되면 모두 인기 개그맨이 되는 줄 알았다.

" 비호감이다. 너는 안 돼. "

몇몇의 선배들이 면전에 대고 내게 말했다.

이제야 살 길이 열렸다고 생각했는데 내 편이 없었다. 연습실에 가는 아침이 설렘에서 괴로움으로 변해갔다. 나를 비난하는 주위 사람들의 환청만 계속 들리고 그대로 주저앉을

행복은 스스로 적응해야 한다

것 같았다.

'이래서는 안 되겠다.'

공채시험을 보기 위해 밤새 연습했다.

다들 비호감이라고 했지만 나를 믿기로 했다.

믿을 사람이 없다는 것을 깨닫고 난 뒤 나에 대한 신뢰만 남았다.

' 내가 나를 믿지 않으면 다른 사람도 나를 못 믿을 거야. '

내가 나를 믿기 시작하니 내 안의 빛을 누군가 발견해주었다.

몇 달 뒤 MBC 공채에 붙었다.

여기서 끝난 줄 알았던 나의 삶은 다시 '연장'되었다.

다른 사람을 믿지 않고 나를 믿기 잘했다고 많이 곱씹었다.

'나를 인정하지 않으면 다른 사람들은 계속 무시한다. 힘들겠지만 이 시기를 잘 이겨내야 한다.'

'이젠 됐다! 난 개그맨이 될 거야!'

MBC 사무실에 처음 가보니 내로라하는 수많은 개그맨 선배님들이 계셨다.

너무 반갑고 좋았다. 이것도 잠시.

텔레비전에서만 보던 개그맨 선배님들, 많은 제작진들의 기가 장난 아니었다. 내 몸무게의 몇 배였다. 감당하기 버거웠다. 다른 곳으로 도망가면 비난받을 일은 사라질 거란 생각은 착각이었다.

여기서도 비난의 목소리는 들려왔다.

넌 비호감이라고.

쥐구멍이라도 있으면 숨고 싶었다.

'이제 어디 숨어야 하지? 이 덩치로 어디 숨기나 할 수 있을까.'

다 끝난 줄 알았던 비극은 다시 시작됐다.

비호감이라고 조금만 이야기가 나오면 주눅 들어서 방송을 하지 못했다. 이런 생활의 연속이었다.

'난 이제 어떡해야 하지? 개그맨을 그만둬야 하나?

원래 내가 하던 미술을 다시 해야 하나?'

별의별 생각이 다 들었다.

그대로 무너지는 듯했다. 며칠 내내 고민만 했다. 개그맨이 되겠다고 여기저기 오디션을 보러 다니던 나. 계속해서 탈락했던 나.

다른 생각은 나지 않았다. 매번 속상해하는 모습만 머릿속에 꽉 들어찼다.

' 맨 처음 수도 없이 탈락하면서 한 번도 굴하지 않았어. 그때의 패기는 어디로 간 거지?'

행복은 스스로 적응해야 한다

처음부터 다시 시작했다. 무작정 앞만 보고 달렸다.

다행히 나에게 연기를 시켜보자는 선배님들이 계셨다. 선배
님들이 시키면 열심히 연습해서 '덜덜이'도 했고, 가리지 않
고 이것저것 다 했다.

그러다가 MBC 〈개그야〉에서 〈우리 결혼했어요〉 패러디인
〈우리도 결혼했어요〉를 맡게 됐다. 그 코너는 실시간 검색
어에 오르면서 주목받았다. 내 코너가 주목받은 건 처음이
었다. 인기가 많은 코너이다 보니 신인상까지 안겨줬다.

‘ 아, 나도 이제 개그우먼을 할 수 있구나. ’

신인상까지 받았으니 이제 뭔가 풀리는 듯했다.

세상에 쉬운 일은 하나도 없다.

안다. 다 안다.

상까지 받아서 더욱 열심히 해보려고 결심했는데 프로그램이 갑자기 없어졌다.

하루아침에.

방송 일을 하는 사람들에게 가장 안 좋은 점은 자신이 하던 프로그램이 갑자기 당장 내일이라도 종영될 수 있다는 것이다. 출연자든 제작진이든 모두 마찬가지다.

행복은 스스로 적응해야 한다

방송 일을 하고 싶은 분들은 이것을
꼭 염두에 두고 뛰어들었으면 좋겠다.
하루아침에 설 자리가 아예 없어질 수
있다.
오직 이 일이 하고 싶어 열의에 가득
찬 사람들이 바로 방송국에 있는 사람들이다.

주위에서 "이국주는 이제 개그우먼 삶이 끝인가?" 라는 말
도 들렸고, 다시 흔들렸다.
여자의 마음은 갈대라기에 어느 누구에게도 흔들리지 않기
위해 이토록 살을 찌웠건만 엄청나게 휘청거렸다.
그렇게 시련을 겪고 있는데 tvN에서 불러줬다.
〈코미디빅리그〉 사무실을 갔더니 그곳엔 잘된 선배들, 한
가락 하던 사람들이 다 모여 있었다. 유세윤, 유상무, 장동
민, 박준형, 안영미, 강유미, 김미려 등 〈웃찾사〉, 〈개그콘
서트〉에서 대박쳤던 사람들이 모여 있었다.
그 속에서 난 어땠을까. 정말 아무것도 아니었다.
나름 신인상을 받은 개그우먼이었지만 그곳에 가니 정말 진
정한 신인이었다. 무대에는 올라 연기했지만 인지도도 없는
그냥 뚱뚱한 여자일 뿐이었다.
〈코미디빅리그〉 프로그램은 인기 있는 코너의 순위를 관객

들이 뽑는데 똑같은 웃음을 주더라도 관객들은 인지도 있는 개그맨을 좋아했다. 너무 당연했다. 뭘 해도 유명한 사람이 해야 사람들은 더 반응했다.

아이디어는 만날 까였다.
개그 프로그램은 그렇다. 개그맨들과 제작진이 함께 머리를 맞대고 밤새 회의를 해서 개그 아이디어를 짠다. 메인 감독님과 메인 작가님 앞에서 검사 맞고 통과해야 무대에서 보여줄 수 있다. 이 과정을 거쳐야 하는데 늘 개그를 다시 짜라고 했다.

왜 까일까, 자책하며 뒤에서 많이 울었다. 계속해서 순위는 꼴찌를 담당했다. 이런 비극적인 날들의 연속이었다.

그러던 어느 날.

그 심사를 통과했고, 무대에 올라 무려 2위나 했다.

그동안의 힘든 마음이 다 분출했다. 울고불고 난리가 났다.

난생처음 인기를 얻었고, 주위에서 많은 사람들이 축하를
해주었다.

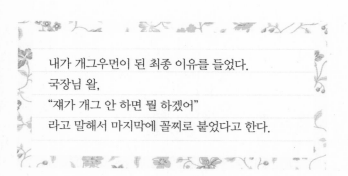

내가 개그우먼이 된 최종 이유를 들었다.

국장님 왈,

"쟤가 개그 안 하면 뭘 하겠어"

라고 말해서 마지막에 꼴찌로 붙었다고 한다.

연장전을 할 수 있게 해주신 감사한 분이 있다.

〈코미디빅리그〉의 김석현 감독님. 개그맨들이 코너 짤 때는 감독님 앞에서 검사를 받는데 재미없다는 이야기를 들으면 다시 짜야 한다. 감독님은 재미가 없는 부분을 같이 회의해주신다. 그래서 항상 우리가 만든 것보다 몇 배는 재미있는 걸로 발전시켜서 녹화했다. 그만큼 굉장히 개그감이 좋고 아이디어도 좋은 분이다. 우리끼리 하다 아이디어가 안 나올 때는 아빠 엄마 찾는 길 잃은 미아들처럼 감독님을 찾았다. 그럴 때마다 늘 같이 고민해주셨다.

사실 〈코미디빅리그〉 전에도 활동은 했지만 내가 뭘 제일 잘하는지 몰랐다. 김 감독님은 내 안에 숨은 보석을 찾아내주셨다.

❝ 이국주! 너는 말로 하는 개그를 잘하는 것 같아. 한번 그걸로 코너 새로 짜봐. ❞

'내가 말하는 개그를 잘한다고?'
'말하는 개그'스타일로 코너를 짜기 시작했다.
다 짠 다음 감독님 앞에서 검사를 받아야 하는 날이었다. 말

행복은 스스로 적응해야 한다

로 하는 개그다 보니 말이 좀 길었다. 무대에서는 시간도 없고 하니까 말을 좀 줄여서 하겠다고 했다.

> ❝ 그럴 필요 없어. 재밌어. 방송에서 편집되면 시간 때문에 어쩔 수 없이 줄이는 거야. 그냥 다 해! 방청객들은 너의 개그를 좋아할 거야. 방송은 알아서 내가 편집해줄게. ❞

방송 시간은 제한돼 있고 코너는 재밌으니 현장에서 관객들에게 보여줄 수 있는 건 다 보여주라고 하셨다.
사람들은 모두 저마다 보석을 지니고 있다.
그 보석을 바로 발견하는 사람도 있고, 그냥 작게 빛나는 원석이었는데 옆에서 누군가 계속 어루만져주면 더 빛나는 보석으로 변하는 경우도

팬 사인회 때 날 보러 와준 고마운 분들

있다. 감독님은 나도 발견 못하고, 아무도 보지 못한 내 안의 원석을 처음 발견한 분이다. 그 원석은 갈고 닦여 이제 세상에 조금씩 빛을 드러내고 있다.

칭찬은 고래도 춤추게 한다고 한다.

칭찬은 고래뿐 아니라 돼지도 춤추게 했다.

말을 잘한다고 해주시니 더 흥이 나서 열심히 했다.

사람은 누구나 장점과 단점 모두 가지고 있다.

단점을 더 크게 부각시킬 필요는 없다.

가지고 있는 단점만 자꾸 지적받다 보면

내가 자라날 힘을 잃고 잘하는 것마저 잃는다.

좋은 선배를 만나고 좋은 귀인을 만나는 것은 인생에서 굉장히 중요한

대학 강연 때

행복은 스스로 적응해야 한다

일이다.

죽었던 나를 다시 살려 연장시킬 수 있으니까.

사람은 단 한 가지만 잘하는 게 있으면 된다. 계속해서 더 발전시키면 되니까.

장점을 부각시키고 나니 주위에서는 나를 좋게 봐준다.

나를 강연에 초청해준다. 예전엔 꿈도 못 꿀 일이다. 강연을 듣고 난 분들이 위로가 되었다고 내게 인사를 한다.

아무리 예쁘고 가진 것이 많다 해도 다 행복한 건 아니다. 세상엔 힘들고 괴로운 일들을 안고 있는 사람들이 너무나 많았다. 단 한 사람이라도 그들에게 위로가 되었으면 좋겠다. 세상은 생각하는 것보다 상상 이상으로 멋진 곳이니까.

감독님께 너무 죄송한 게 있다.

2014 신인상을 받을 때 누구보다 감독님께 감사하다고 얘기하고 싶었는데 말씀을 못 드렸다. 내가 받을 줄은 몰랐기 때문에 너무 놀라서 정신이 없었다. 감독님이 계셨기에 나란 사람이 많은 분들에게 사랑받을 수 있었고, 많은 기회도 주어졌다. 앞으로는 감독님께 더욱 도움이 되는 개그우먼이 되고 싶다.

언젠가 감독님은 내가 방송한 것을 모니터하고 이런 말을 해주셨다.

**" 네가 괜찮은 사람이고 싶어서
노력하는 것 같다. "**

무슨 뜻일까?
요즘 들어 자신감 있게 내 모습을 전부 드러내지 못했다.
티내지 않으려고 노력했건만 감독님은 내 안의 근심을 발견하신 모양이다.
사람은 모든 사람에게 사랑받을 수는 없다. 특히 세상에 알려진 사람들은 더하다. 누구나 악플이 달려 있고 거기에 연연하면 아무것도 할 수가 없다.
하지만 직접 눈으로 확인했을 때의 상실감은 말로 표현이 안 된다. 사람들이 무서워졌고, 또 욕먹을까 겁났다.
겁먹다 보니 자연스레 눈치를 보게 되었고 나의 끼는 반만 보여주게 되었다. 이국주 하면 파이팅 넘치고 에너지 있는 긍정적인 개그우먼인데.

" 눈치를 보다 보면 많이 잃게 된다. 네 원래 색깔대로, 네가 하고 싶은 대로 해라. 눈치 보면 걸

행복은 스스로 적응해야 한다

대중들도 느낀다. **"**

지금부터 나를 찾아주는 사람들, 그것만 보고 달리는 거다. 좋아해주는 사람이 단 한 사람이라도 있는 게 얼마나 소중한지. 그 사람이 나를 보고 웃고, 힘이 된다면 얼마나 뿌듯한가.
내 삶은 끝난 게 아니라 지금부터 다시 연장되었다.

이제는 시간 날 때 동대문 쇼핑몰에서 춤추고, 마냥 춤을 좋아하며 생활하던 나어린 학생이 아니다.
대중들이 날 알아보고 반응을 해준다. 너무나 많이 좋아해주니까 더 열심히 잘살아야 하는 목표가 생겼다.
이제 시작이라 생각하기 때문에 이것저것 다 해보고 싶다.
사람은 이 자리에서도 힘든 게 있고, 저 자리에서도 또 다른 힘든 게 있다.
물론 신인 때보다 좋은 환경에서 생활하지만 반면에 그만큼 더 준비해야 되는 것들이 많이 생겼다. 잃을 것이 많기 때문에 준비를 더욱 탄탄하게 해야 한다. 모두들 내가 안 될 거라고 했지만 그 말에 치우치지 않았고, 그래서 여기까지 올라왔다.

인생은 연장전이다.
끝난 것 같으면서도 끝나지 않는 게 인생이다.
언제나 앞으로 나아가야 한다.
그 자리에 정지해 있으면 나의 꿈을 이룰 수 없다.
매일 아침 새롭게 굽는 빵처럼 나도 날마다 새로운 마음으
로 구워져야 한다.

연장전……
이라는 상암에 있는 전집에 가서
감자전에 막걸리 호로록 하고 싶다.

인생은
365일 '연장전'이다
프로든 아마추어든
상관없다
지금 그 자리에서
연장할 용기만 있다면

연
어

어렸을 때부터 무척 흥이 많은 아이였다.

한마디로 얘기하자면 시끄럽다는 이야기다.

초·중·고 때는 시끄러운 학생이어서 선생님한테 많이 혼
나고 수업 시간에도 불려 나가 서 있기도 했다. 그 당시 주
위 사람들에겐 나의 흥 때문에 그저 '시끄러운 사람'으로만
여겨졌다. 예쁘고 얌전하게 크는 게 부모님의 바람이었지만
나는 있는 그대로의 나로 자랐다.

지금은 어딜 가도 분위기를 띄우는 사람이 됐다.

안 좋게 생각하고 단점이라고만 생각했던 모습이 지금은 최

행복은 스스로 적응해야 한다

고의 장점과 좋은 습관이 됐다.

나 같은 성격을 가진 분들이 있다면 너무 심각하게 고민하지 말았으면 좋겠다. 어릴 때부터 몸에 배어 있지 않으면 어른이 되어서 갑자기 밝아지기란 어렵기 때문이다.

12시간 이상 촬영하다 보면 대부분은 힘들고 피곤해한다. 그러나 나는 흥이 많다 보니 12시간을 거뜬히 버틴다. 처음엔 '내가 체력이 좋구나'라고 생각했는데 아니었다. 만약 흥이 많은 아이가 아니었다면 이렇게 즐기면서 모든 걸 할 수 있을지 의문이다.

평상시에도 늘 씩씩하니까 사람들은 이렇게 말한다.

" 국주는 쾌활해서 참 좋아. "

그렇다. 쾌활하다.

이런 선입견 때문에 내가 무슨 말을 하면 누군가는 가볍게 듣는다.

어떤 심한 말을 해도 끄떡도 안 할 것 같다고 말한다.

아무리 남들보다 덩치가 풍성해도 가시 박힌 말들을 다 담을 양까지 큰 건 아니다. 뚱뚱하든 말랐든 씩씩하지 못할 때도 있고, 아주 작은 말에도 상처받을 때가 있다.

학창 시절부터 한결같이 지켜온 이 덩치로 아무리 힘차게 밀쳐내도 못 밀쳐내는 것이 사람 마음이다. 마음이 가장 어렵다. 몸이 힘든 것은 어떻게든 견뎌보겠는데 마음이 힘들 땐 뼈가 마르는 기분이다.

시끄럽고 흥이 많은 나를 이 세상에 있게 해준 우리 부모님께 감사한다.
어렸을 때 우리 엄마, 아빠는 굉장히 고생하셨다.
어린 나에게 부모님께서 늘 하시던 말씀이 있다.

66 너만큼은 잘 키울 거다. 잘돼야 한다. 99

두 분은 젊을 때 하시지 못한 게 너무 많아서 나한테 거는 기대가 컸다.
엄마는 나를 위해 이런저런 학원들을 죄다 등록했다. 피아노, 미술, 컴퓨터, 속셈 학원, 웅변 학원, 검도 등 모두 다녔다. 그렇게까지 뒷바라지를 해주셨는데 엄마가 바라는 만큼 안 됐다. 지금 봐도 공부는 참 못했다. 나는 못난 미운오리새끼인데도 엄마의 사랑을 독차지했다.
어렸을 때 엄마의 넘치는 사랑을 받은 아이들은 성인이 되면 사랑받고 자란 티가 난다고 한다. 본인이 사랑을 받고 자

행복은 스스로 적응해야 한다

랐기 때문에 다른 누군가에게 사랑을
주는 방법도 알게 되는 것 같다고.
엄마의 바람대로 공부는 잘하지 못
했지만, 그럼에도 불구하고 이렇
게 많은 배움을 주신 엄마께 진심
으로 감사드린다.

우리 집은 대화가 많이 없다.

난 흥이 많아도 애교는 별로 없었다. 아무래도 매일 보는
식구들이다 보니 사랑한단 말도 제대로 안 하고 지냈다.

아빠가 회사를 다녀오시면 "오늘 무슨 일 있으셨어요? 저는
오늘 이랬어요" 하며 서로 주거니 받거니 대화를 했어야 했
는데. 그게 참 아쉽다.

적적한 집안 분위기로 이어가던 가뭄 끝에 단비가 내렸다.
열한 살 차이 나는 남동생이 태어났다. 그때부터 집은 동생
의 애교와 화목으로 가득했다.

여전히 난 선머슴같이 무뚝뚝했다. 애교도 없으면서 뭘 잘했
다고 스물일곱 살 때까지 계속 엄마한테 돈을 빌려다 썼다.

사실 엄마가 돈이 어디 있겠는가. 아빠한테 생활비 받아 쓰
시는데. 그것을 줄이고 줄여서 나에게 빌려주셨다.

방송 일이 그렇다. 특히 개그맨들은 규칙적인 생활도 아니
고, 매달 들어오는 수입이 다르다. 일이 없다고 고정으로

어딘가에서 돈을 주지 않는다. 일이 없으면 수입도 몇 달 동안 없는 게 방송 일이다. 수입이 없을 땐 각자 어떻게든 생활비를 구해서 생활해야 한다.

방송 일을 이제 막 시작하는 분들은 성공해서 힘든 시기에 도와준 사람에게 은혜를 꼭 갚길 바란다. 몇 배로 갚아야 한다. 지금의 나를 있게 만들어준 사람이니까.

시간이 지나면서 신인 개그맨들이 하나둘씩 들어왔다. 뭐 하나 해놓은 건 없지, 나이는 먹어가지, 모르는 사이 말만 선배가 되었다.

아무리 일이 없어도 이젠 막내가 아니니 얻어먹고 다닐 수도 없었다. 갓 들어온 후배들의 마음을 누구보다 잘 알기에 밥을 사주고 싶었다. 일이 없으니 당연히 벌어놓은 돈은 없었다. 정말 내 자신이 밑바닥일 때 말할 수 있는 사람은 엄마였다. 다른 사람한테 손 벌리긴 싫었다.

가장 멋진 모습일 때는 누구나 내 곁에서 도와주려고 할 것이다. 가장 낮은 모습일 때 사람들은 회피할 것이

행복은 스스로 적응해야 한다

다. 어떤 지경이 되어도 떠나지 않고 곁에서 날 사랑해주는
사람은 바로 부모님이다.

' 내가 이 나이 먹고 진짜 못할 짓이다. 참 못됐
다. 불효하는 딸이구나. '

몇 년 동안 이 생각으로 고통스러웠다.
일이 없을 때는 사람들한테 잊혀지지 않기 위해 UCC를 찍
었다. 열 번 정도 찍었는데 그때 의상 제작이나 장소 섭외
등의 돈이 들어갔다. 어떻게 했겠나. 그것도 엄마의 힘으로
만들 수 있었던 영상들이다.

오랜 가뭄 끝에 나에게도 단비가 내렸다.
이제는 사람들이 먼저 나에게 다가와 알아봐주고 좋아해준다.
그러면서 나를 찾는 방송이 생겼고, 수입이 생기고, 처음으
로 저축이란 것도 했다. 가장 자랑스러운 것은 이제 엄마에
게 손 벌리는 일이 없어졌다.
엄마가 안 도와주셨다면 지금의 난 어떤 모습이었을까.
엄마한테 가장 고맙고 미안한 게 있다. 내가 힘들 때 엄마는
잔소리를 하지 않으신다. 일부러 내버려두신다. 힘듦이 나
아질 때까지 기다려주신다. 항상.

동생하고 난 열한 살 차이가 난다.
동생을 안고 있었는데
옆에 있던 아줌마가
아주 환한 미소를 지으며 말을 걸었다.
"어머 아들이에요? 장군감이네!"
그때 난 초등학교 5학년이었다.

그러면 안 되는데, 기분이 안 좋거나 뭔가 예민할 때 짜증을
좀 많이 내는 딸이어서 엄마가 보시기에 '아 얘가 지금 짜증
나고 힘들구나' 싶으면 내가 다가설 때까지 기다려주셨다.
따로 살고 있고, 퇴근하고 집에 오면 늘 새벽이고, 그때 전화
하기엔 너무 늦은 시간이어서 전화를 자주 드리지 못하는 게
너무 죄송하다. 딸은 클수록 엄마와 친구가 된다고 하던데.
아빠와는 어릴 때부터 대화를 많이 안 해서 통화하면 다섯
마디 정도면 전화를 끊게 된다.

" 아빠 식사하셨어요? 네, 알겠습니다.
  네, 건강하시고요. 아빠도 조심하시고요. "

이렇게 대화하는 게 전부다.
이런 건조한 대화여도 이게 아빠와 나의 사랑 표현이다.
꼭 애교를 마구 부리고 앙앙거려야지만 더 사랑
하는 게 아니듯이.

나에겐 하나뿐인 귀여운 남동생이 있다.

열한 살이나 어린데도 생각이 참 깊다.

동생이 초등학교 때 옆에서 같이 놀아주고 했어야 했는데 10년째 밖에 나와 살기 때문에 놀아주질 못했다. 미안한 마음이 크다.

친남매인데도 나이 차가 많아서 누나가 아닌 '누님' 같은 느낌이라고 해야 하나.

주위에 보면 남매끼리 잘 싸우고 지내는데 그런 것도 전혀 없이 지냈다.

동생이 참 생각이 깊다고 느낀 계기가 있다.

보통 자신의 누나가 연예인이면 "누나, 나 연예인 사인 좀 받아줘. 사진 찍게 해줘" 할 텐데 단 한 번도 그런 적이 없다. 한창 연예인 좋아할 나이인데.

심지어 동생이 사인 부탁을 안 하기에 동생에게 내 사인을 부탁하는 친구들이 없는 줄 알았다.

한번은 내가 먼저 물어 봤다.

" 너 친구들은 나 몰라? 사인 안 필요해? "
" 아니야, 안 해줘도 돼. 괜찮아. "

행복은 스스로 적응해야 한다

뭐 그런가 보다 했는데, 엄마가 옆에서 그러셨다.

" 무슨 말이야? 너 친구들이 누나 사인 좀 해달
라고 부탁하고 난리잖아? **"**

혹시라도 누나가 귀찮을까 봐 일부러 얘기를 안 하고 친구
들한텐 그냥 안 된다고 한 것이다. 누나 없이 엄마 아빠와
셋이 살다 보니까 동생은 애늙은이가 다 됐다. 어느 날 보니
동생이 아닌 듬직한 오빠가 되어 있는 것 같았다.

누구보다 든든한 나의 동생

단점이 많은 사람이라고 해도 누군가에겐 그 단점이 장점으로 보일 수 있다.
그 단점이 나중엔 장점으로 돌아올 수도 있다.

뚱뚱하다고 해서, 더 크다고 해서, 누군가에겐 비호감이라고 해서 절망하지 않는다.
어느 시대 누군가의 눈엔 내가 절세미녀일 수 있으니까.
그리고 지금의 난 너무 행복하니까.

여러분.
사람들은 저보고 비호감이라고 했어요.
그런데 비호감일 때보다 지금
……
20킬로그램 더 쪘어요.
그런데 사람들은 지금의 나를 더 좋아해요.

지금 현재도 계속 찌고 있다.
아마 곧 터질 듯.

행복은 스스로 적응해야 한다

하찮은
인생이란 없다
당장
보이지 않더라도
희망을 찾는 연어처럼
계속 거슬러
올라가야 한다
행복은 그 때때 동행한다

연

비

자동차를 선택할 때 중요한 기준의 하나가 바로 '연비'(자동
차 단위 연료당 주행 거리의 비율)다. 잘 달려 나갈 수 있게 도와준
좋은 연비가 있었기에 지금의 나는 달릴 수 있다.
이 책을 통해 나의 고마운 마음을 그들에게 전한다.

—추신
이 책을 읽은 당신이 글 사이사이에
숨은 행복을 꼭 찾길 바라요.
뿌잉뿌잉.

행복은 스스로 적응해야 한다

나는 괜찮은 연이야

ⓒ 이국주, 2015

초판 1쇄 인쇄일 2015년 6월 22일
초판 1쇄 발행일 2015년 6월 30일

지은이   이국주
글꾸밈   양지은
기 획   첫장
캘 리   양지은
펴낸이   황광수
주 간   정은영
편 집   사태희 이미현
디자인   조윤주
마케팅   이대호 최금순 최형연 한승훈
홍 보   김상혁

펴낸곳   (주)자음과모음
출판등록   2001년 11월 28일 제313-2001-259호
주 소   121-897 서울특별시 마포구 성지길 54
전 화   편집부 (02)324-2347, 경영지원부 (02)325-6047
팩 스   편집부 (02)324-2348, 경영지원부 (02)2648-1311
e-mail   jamoteen@jamobook.com
커뮤니티   cafe.naver.com/cafejamo

ISBN 978-89-544-3160-6 (03810)

이 도서의 국립중앙도서관 출판예정도서목록(CIP)은 서지정보유통지원시스템 홈페이지
(http://seoji.nl.go.kr)와 국가자료공동목록시스템(http://www.nl.go.kr/kolisnet)에서
이용하실 수 있습니다.(CIP제어번호: CIP2015015988)